Arno Camenisch
bei Urs Engeler

Arno Camenisch
Die Kur

Im Ort. – Wie lange müssen wir hier oben bleiben, fragt er und hinkt ihr den Stutz zum Hotel hinauf nach. Er trägt einen dunkelgrünen Anzug und blaue Turnschuhe mit Klettverschluss. Die Hosenbeine sind zu kurz. Vier Nächte, sagt sie, komm jetzt. Mammamia, wir wären besser zu Hause geblieben, sagt er, ich habe Hunger. In der Hand hat er einen Plastiksack. Wenn wir schon gewonnen haben, dann gehen wir auch, sagt sie. Da gewinnst du einmal bei einer Tombola, sagt er, ein Mal im Leben bist du der grosse Sieger, der König, und dann musst du zur Strof vier Nächte auswärts schlafen, und das ausgerechnet an unserem einunddreissigsten Hochzeitstag, also gerecht ist das nicht, er stöhnt, buah, huara steil. Es ist nicht mehr weit, sagt sie und hält ihr rotes Strickjäckli am Hals zusammen. Hätten wir doch nur den zweiten Preis gewonnen, sagt er, hast du gesehen, was für ein Fresskorb das war? So grosse Fresskörbe findest du nicht mal in Kroatien. Aber nai, genau diesen schönen Fresskorb hat der Hans abgeräumt, dieser Holzkopf, und der sitzt jetzt zu Hause und lacht sich das Herz in die Hose. Und wir müssen stundenweise im Zug sitzen und durch den Nebel fahren wie durch die Ewigkeit, und plötzlich verschrickst du, weil die Berge wie ein riesiges Piratenschiff vor dir aus dem Nebel auftauchen. Aber was wir so lange hier oben im Wald machen sollen, wo es doch von Wölfen wimmelt, weiss nur der Herrgott selber. Ein paar Tage an der frischen Luft werden dir guttun, hat der Doktor gesagt, sagt sie, und am Abend gehen wir jeweils tanzen. Ein Doktor wie ein Fass, sagt er, und dann will er auch noch den anderen sagen, was sie zu tun haben, oh isch doch wohr. Gefällt dir mein Glitzerkleid, fragt sie und streicht mit der Hand übers Bein, habe ich vor Weihnachten bereits gekauft und unter dem Bett versteckt, Glitzerkleider findet man bei uns nur in der Weihnachtszeit. Ja ja, sagt er und fährt mit dem Ärmel über die Stirn. Aber jetzt warte doch, anstatt mir wieder davonzuspringen wie ein Reh. Wir sind gleich oben, komm, ruft sie ihm zu.

Vor dem Hotel. – Ui, schau dir das an, sagt sie, fünf Sterne, und schaut an der Fassade hoch. Im Haar hat sie eine Blume. Grösser als eine Kathedrale ist das, sagt er, hier drin werden wir uns sicher verlaufen, das sind Labyrinthe, schlimmer als die grossen Wälder, wenn du mal drin bist, findest du nicht mehr raus, und dann hast du den Saich. Sie fotografiert das Hotel, und diese wunderbare Luft hier oben, sagt sie, und all die Vögel, die rundherum in den Bäumen singen. Nur zu hoffen, dass wir nicht draufzahlen müssen, sagt er, und hoffentlich ist das Essen warm, und ob man denn auch schlafen kann in der Nacht bei all dem Gezwitscher in den Bäumen, davon stand dann nichts, und am Morgen bist du ein Waschlumpen, weil du die ganze Nacht nicht ein Auge zubekommen hast. Lass uns reingehen, sagt sie und hängt den Arm bei ihm ein. Schau dir das an, das ist wie im Film, sagt sie und hält die flache Hand vor die Brust, genau so muss es auf der Queen Mary aussehen. Eine Frau mit einem rosaroten Federhut geht an ihnen vorbei. Er hebt die Augenbrauen und schaut ihr nach. Aber bist du dir sicher, dass es dieses Hotel ist, flüstert er ihr zu, wir haben uns sicher getäuscht und sind ganz falsch, der erste Preis bei einer Tombola, und dann ist alles alt, als wir mit dem Car nach Roses gefahren sind, war wenigstens das Hotel modern, mit neuen Möbeln immerhin, und mit einem grossen Fernseher mit über siebzig Kanälen. Irgendwas ist hier schief, lass uns lieber verschwinden, bevor wir uns die Finger in diesen alten Schränken einklemmen. Er schnäuzt sich. Nichts hängt hier schief, sagt sie, schau mal die Uhr da. So eine hatte mein Grossvater auch, sagt er, die muss man den ganzen Tag lang aufziehen mit einer Schraube gross wie ein Steuerrad und dann bleiben sie trotzdem stehen, und ungenau sind die auch, das sind Schildkröten, hinken immer nur hinterher und ziehen den Kopf ein und stellen sich tot, wenn man schimpft. Er kramt seine Taschenuhr hervor und vergleicht die Uhrzeiten, zwei Minuten nach geht sie, siehst du. Aber jetzt gehen wir essen, bevor wir noch abliegen wie ein Pferd. Wo müssen wir durch? Es ist erst halb drei, sagt sie, das Abendessen ist doch erst am Abend. Er schaut sie mit grossen Augen an, wie bitte? Jesusmaria, er lässt sich in einen Sessel fallen, jetzt haben wir den Salat, um Himmels willen, jetzt brauche ich einen Cognac. Und ich nehme einen Martini, sagt sie, wie Mireille Mathieu.

Im Lift. – Hast du den Schlüssel, fragt er. Sie hebt den Schlüssel hoch und lächelt. Du hast dir ja einen Flecken auf dem Anzug gemacht, sagt sie und holt ein Taschentuch aus seinem Plastiksack. Das sieht niemand, sagt er, das ist noch der Anzug von meinem Onkel, den trug er jeweils am Abend, um die Tagesschau zu schauen. Du musst den Knopf drücken, sagt sie, die Drei, hoffentlich geht der Flecken weg, was sollen denn die Leute denken, wenn sie dich mit einem solchen Flecken sehen. Er nimmt ein Stück Brot aus seinem Plastiksack und drückt auf den Knopf. Nicht die Eins, sagt sie, auf die Drei musst du drücken. Aber vielleicht ist die Küche im ersten Stock, und wir könnten uns da was aus dem Kühlschrank holen, jetzt ist sicher niemand in der Küche. Und wenn jemand da ist, können wir ja sagen, dass wir in den Wald gehen, und ob sie uns doch bitte ein Päckli machen würden mit ein paar Cervelats. Sie drückt auf die Drei, soli, und jetzt schauen wir uns das Zimmer an, ist sicher wunderschön. Die Lifttüre geht zu. Die haben sich sicher getäuscht, so wie in Roses, und wir haben nur ein Einzelzimmer. Auf dem Sofa schlafe ich denn nicht, gell, dann fahren wir aber sofort wieder nach Hause und lassen uns die Tombola auszahlen und kaufen uns damit eine neue Fleischmaschine. Wäre sowieso viel gschider gewesen. Und dieser alte Lift stürzt uns sicher noch ab, und dann haben wir die Blamasch, und viel zu eng ist es auch, bekommst ja keine Luft mehr. Die Lifttüre geht nochmals auf. Vor der Türe stehen zwei Männer.

Einer trägt eine Pilotenbrille und ein Stirnband. Der andere isst ein Kägifred.

Auf dem Hoteldach. – Endlich etwas Luft, sagt er und stösst die Türe auf, der Rothaarige im blauen Überkleid mit dem Stirnband hatte sicher Logorrhoe, flüstert er ihr ins Ohr und macht die Türe hinter sich zu, der hat ja nicht aufgehört zu reden, die waren doch beide plemplem, er schüttelt den Kopf und hinkt ihr nach, und den ganzen Weg hoch haben die über Frauen geredet, dass einem ganz schwindlig wird nur vom Zuhören, Maria, Magdalena, Margrit, was weiss ich was, stell dir vor, du bleibst mit diesen beiden Paiassen im Lift stecken, das wünsche ich denn niemandem. Die waren zu lange in der Höhe und haben den Höhenjodel bekommen, und jetzt spinnen sie, das geht dann schnell, gell, lass uns lieber abhauen hier. Komm, schau dir die Aussicht an, sagt sie und geht unter der Wäsche durch, die sich an der Wäscheleine im Wind bewegt, huara schön, das ist wie auf einem Schiff. Sie hält sich am Geländer fest. Bist du sicher, dass wir hier rauf dürfen, sagt er, lass uns lieber wieder runter gehen, nicht dass sie mit dem Besen kommen, du machst die Geister böse. Wir hätten besser eine Sauerstoffmaske mitgenommen, hier wird man ja unmächtig in dieser Höhe, und dann liegen wir da, und die Waschfrau bekommt eine Herzbaracke, wenn sie uns unter ihrer Wäsche liegen sieht. Er schaut in den Himmel hoch, ui, und zieht den Kopf ein und hinkt zurück unter das Vordach, komm hier rüber unters Vordach, du fällst mir noch rauf in den Himmel hinein. Er streckt den Kopf etwas nach vorne und schaut vorsichtig nach oben und macht dann wieder einen Schritt zurück und lehnt sich an die Wand. Schau die Seen, sagt sie und streckt die Arme aus, und die Berge, und die Wälder, und das Licht, und wie schön der Himmel ist. Sie lächelt und schliesst die Augen. Ja ja, sagt er, im Wald sind wir alle gleich, als ob man das noch nie gesehen hätte, das ganze Leben haben wir in den Felsen verbracht, ein Stein ist immer noch ein Stein. Und der See, wie ein toter Fisch liegt er in der Ebene. Und plötzlich ziehen Wolken auf grau wie Schiefer, und zackbum donnert's und hagelt's und du wirst vom Blitz getroffen, das geht dann schnell hier oben, hier sind wir auf achtzehnhundert, und wenn du Pech hast, sind die Berge zornig und schmeissen Steine gross wie Kühe auf dich runter und demolieren dir das ganze Haus und begraben dein Hab und Gut auf ewig, von wegen Frieden in den Bergen, das sagt nur, wer im Beton aufgewachsen ist. Komm jetzt, wir gehen wieder runter und suchen die Küche. Und dieser Wind, sagt sie, der macht einen ganz leicht unter der Haut. Ja ja, sagt er, fliegst mir noch davon wie ein Ballon. Im Engadin zieht's immer, den ganzen Tag zieht's im Engadin. Du holst dir noch eine Jahrhunderterkältung in dieser Bise. Das ist der Maloja-Wind, sagt sie, der was, fragt er, sein Hörgerät pfeift. Sie nimmt die Kamera und fotografiert die Landschaft. Wenn man da hoch geht, kommt man ins Seitental, sagt sie. Das was, fragt er und schraubt an seinem Hörgerät. Das Seitental, sagt sie, wir könnten eine Kutschenfahrt ins Tal hoch machen. Jo sep mein i au, eine Schmugglerroute ist das, sagt er, wir sind ehrliche Leute. Jetzt sag mir aber nicht, dass ich die Batterie zu Hause habe liegen lassen, er wühlt in seinem Plastiksack nach einer neuen Batterie, und die Würste auch, oh dio mio, jetzt liegen auch noch die schönen Trockenwürste in Alufolie verpackt zu Hause auf dem Küchentisch, das darf aber nicht wahr sein.

Im Schwimmbad. – Ich ziehe dich dann nicht raus, gell, ruft er ihr zu, wir wären lieber zum Essen gegangen. Das tut gut, sagt sie und taucht ins Wasser ein. Sie schwimmt auf dem Rücken und ruft, zieh deinen Bademantel aus und komm ins Wasser, das tut so gut. Ohne Schwimmring gehe ich sowieso nicht ins Wasser, sagt er, du weisst ganz genau, dass ich nicht schwimmen kann, noch ertrinken hier oben, nai sep, das wäre ein etwas einfaches Ende. Es ist nicht tief, sagt sie, du kannst ja sogar stehen, schau, sie steht auf, siehst du, das Wasser kommt nur bis zur Brust, wie willst du denn hier ertrinken. Und dann rutscht man aus und fort ist man, ha, sagt er, ja ja, das geht dann schnell. Wie der andere, der sein ganzes Leben lang auf die Jagd ist, bis der Doktor, auch so ein Halbschlauer, ihm das Jagen verboten hat, er solle doch fischen gehen anstatt, und am ersten Fischtag ist er ausgerutscht und ertrunken. Siehst du, das war denn ein Bündner und nicht etwa ein Tiroler. Jetzt zier dich nicht so, sagt sie, der Louis de Funès war auch schon hier. Wo, im Schwimmbecken, fragt er. Sicher war der bereits hier, ruft sie und schwimmt. Er hinkt neben ihr am Beckenrand auf und ab. Der Louis ist sicher nicht ins Wasser, der kann doch nicht schwimmen, sagt er, woher soll der denn schwimmen können, hast du ja selber gesehen im Film, den wir vorgestern geschaut haben, als er in den See fiel und mit den Armen schlug wie ein Hund. Sie lächelt und taucht ins Wasser unter wie eine Sirene.

Beim Abendessen. – Nimm vom Wein, der ist saugut, sagt er und leert sein Glas. Er nimmt die Flasche in beide Hände, macht ein Auge zu und schenkt nach. Er zittert. Was machst du denn, fragt sie und richtet die Blume in ihrem Haar. Du weisst ganz genau, dass ich das so machen muss. Seit ich den Splitter im Auge hatte, muss ich ein Auge zumachen beim Einschenken, sonst treffe ich das Glas nicht. Die machen das denk für uns, flüstert sie ihm zu, stell die Flasche unauffällig wieder hin, hier schenkt man sich nicht selber nach. Er lacht, das kann ich wohl selber machen, also für so was müssen sie mir nicht einen anstellen, so sparen wir uns ein paar Fränkli, und dann müsste man vielleicht noch Trinkgeld geben, was? Sie fotografiert ihn, es blitzt. Ah, diese Aussicht, wie auf einem Dampfer, sagt sie und schaut aus dem Fenster, und draussen der Wald grün und gross wie das Meer. Lass uns mal eine Kreuzfahrt machen, sie nimmt seine Hand. Er hält inne und schaut sie mit grossen

Augen an. Auf dem Kopf hat er seine Dächlikappe. Das wäre doch schön, ganze Wochen übers Meer gleiten, und wir sitzen am Fenster und fahren von Küste zu Küste, und am Abend gehen wir in die Gala mit meinem Glitzerkleid und tanzen. Wie willst du denn tanzen, fragt er, wenn man schon auf dem Weg in die Kantine schwankt wie eine trächtige Kuh von den vielen Wellen? Und dann fahren wir auf einen Felsen auf und werden von deinem schönen Meer gefressen, nai nai, wir bleiben lieber zu Hause. Und wer soll das denn bezahlen bitteschön? Also nicht mit meiner Pensionskasse, mit dieser gibt es eine Werkstatt mit Hobelbank, Schleifmaschine und mittendrin die Bandsäge, die Königin der Maschinen, mindestens zwei Meter hoch, er hebt die Hände wie ein Pfarrer, ganze Wälder kann man damit kurz und klein sägen. Sie legt ihren Fächer auf den Tisch und kramt einen Stapel Prospekte aus ihrer Handtasche, ich war letzte Woche auf dem Reisebüro, sagt sie. Wie bitte, sagt er und legt den Kopf in die Hände, per l'amur da Diu, aber du hast hoffentlich keine Dummheit gemacht, um Gottes willen. Sie nippt an ihrem Glas und schaut zum Fenster raus und richtet ihre Brille, doch.

Im Bett. – Die Bohnen waren so gut, dass ich grad habe weinen müssen, sagt er und schaut an die Decke. Und die Bedienung war so freundlich, sagt sie, also die sind wirklich zwäg hier oben. Sie zieht die Bettdecke bis über die Brust. Auf dem Stuhl neben dem Bett liegt ihr Glitzerkleid. Aber das viele Werkzeug, wie das ganze Inventar einer Werkstatt auf dem Tisch ausgelegt, sagt er, damit hättest du ein Haus zusammenbauen können, gut hatte ich meine eigene Gabel dabei, mit dieser bin ich gewohnt zu essen. Er trägt ein weisses Unterleibchen. Können wir morgen wieder so viel vom Buffet nehmen, fragt er. Sie nimmt die Brille ab und legt sie aufs Nachttischchen neben die Blume. Und dieses Fleisch, sagt er, nur musste man wach sein, ha, zum Glück habe ich von weitem gesehen und bin aufgestanden und rübergerannt und zac dieser alten Schachtel mit dem Holzbein das letzte Stück vom Braten weggeschnappt. Ätsch bätsch, er lacht, war das lustig, und sie hat mich angeschaut mit einem Blick wie eine Gewehrkugel. Ja, das haben wir als Kinder denk schon gelernt, die Ellenbogen auszufahren, sonst blieb dir nur der Knochen übrig, gell. Die war ja behangen mit Kristallen und Brillanten wie ein Weihnachtsbaum. Nur schade um die schöne Vase, sagt sie und drückt die Lippen zusammen, am Ende gibt es immer Scherben. Ach, diese alte Vase hatte ich schon vergessen, halt selber schuld, wenn da Geschirr auf dem Weg zum Buffet herumsteht. Und blöd wegen des Bildes, sagt sie. Welches Bild, fragt er. Das, das du umgeworfen hast beim Tanzen, sagt sie. Oh jägeri, da kann man von hinten ein bisschen Klebband drauftun und wieder an die Wand hängen, und dann siehst du das Loch gar nicht, wenn du nicht genau hinschaust. Aber lange hat es gedauert, bis wir endlich etwas tanzen konnten, weiss der Teufel, was dieser andere da mit der Kappe vorlesen und die ganze Bar blockieren musste, das war dommasch, und die Leute taten noch so, als würden sie es lustig finden, und dann noch diese vier komischen Blechbläser, die haben mir zwar noch schöne Choräle gespielt, aber der andere da mit seinen Geschichten, ich weiss denn nicht, und hast du gesehen, als er seine Kappe runtergenommen hat am Schluss? Eine Frisur wie ein Heuhaufen, du meine Güte. Also das war noch ein netter, sagt sie und schmunzelt. So wie diese Bande sich aufgeführt hat, sagt er, haben die danach sicher die ganze Bar ausgetrunken, darauf wette ich ein Kalb. Sie macht das Licht aus und öffnet den oberen Knopf ihres Nachthemdes. Die anderen zwei Steinpilze aus dem Lift sind dann auch noch aufgetaucht und haben geraucht wie Lokomotiven, aber dann waren wir schon beim Swing. Sie kuschelt sich zu ihm. So eine Zigarre wäre zum Abschluss zwar schon noch schön gewesen, nicht? Früher rauchte ich an einem Wochenende eineinhalb Stangen. Halt mich ein bisschen, sagt sie.

In der Nacht. – Was machst du denn auf dem Balkon, sagt sie und richtet sich im Bett auf. Sie fährt mit der Hand über die Stirn und nimmt die Ohrawärmers von den Ohren. Er steht auf dem Balkon im Nachthemd. Es zieht, sagt sie, was machst du denn da draussen, und warum trägst du mein Nachthemd. Das Nachthemd bewegt sich im Wind, die Balkontüre schlägt gegen die Wand. Ich habe doch gesagt, dass es im Engadin zieht, immer zieht's hier, sagt er und dreht sich zu ihr um, und morgen schifft's, wenn's so zieht, schifft's am nächsten Tag, das sagte bereits mein Grossvater, wenn's in der Nacht zieht, fährt Petrus seine Wolken in Position, dann kommt der Donner, und der Regen wäscht am nächsten Tag das Land und nimmt die Hänge mit sich und begräbt ganze Täler unter Schutt und Schlamm. Auf der Stirn hat er eine Augenbinde. Komm wieder ins Bett und mach dir keinen bösen Kopf, es zieht, sagt sie und dreht sich um, die Nacht ist zu dunkel, um auf dem Balkon zu stehen. Wenn man nicht schlafen kann, sagt er, was willst du machen. Da schuftest und krüppelst du dein Leben lang, und sobald du die Passhöhe erreicht hast, nachdem du dich all die Kurven und Kehren wie bei einem Radrennen hochgestrampelt hast und oben auf der Alp d'Huez endlich angekommen absteigen und dich etwas hinsetzen willst und die Aussicht geniessen, lässt dich der Allmächtige nicht ruhen, mit Gerechtigkeit hat das wenig zu tun. Die erste Nacht in den Bergen schläft man nie tief, sagt sie und kuschelt sich ins Kissen, ab morgen schläfst du wieder wie ein Pantoffel. Sie zieht ihre Ohrawärmers an. Jo wahrschinlich, und am nächsten Tag hast du Augenringe gross wie Brillengläser, sagt er, dreht sich um und stützt sich mit beiden Händen auf das Geländer vom Balkon. Die Köpfe der Geranien am Geländer stehen wie Mikrofone. Ach, wären wir zu Hause geblieben, sagt er, da liegst du wach und drehst dich vom Rücken auf den Bauch und vom Bauch auf die Knie und von den Knien auf die Seite und immer weiter dreht dir der Kopf wie ein Karussel, kannst denken, was du willst, der Schlaf ist nicht dein Bruder, und sobald du etwas tiefer sinkst und beinahe über die Klippe in den Schlaf kippst und in die Tiefe fällst, schrickst du wieder auf. Dann liegst du halt wieder auf dem Rücken wie auf dem Totenbett und schaust an die Decke, als seist du angezählt, während rundherum die Berge schnarchen. Sein Hörgerät pfeift. Hörst du, sagt er und dreht sich zu ihr. Sie schläft selig wie ein Kind.

Am Morgen, beim Aufstehen. – Er liegt im Bett mit der Decke bis zur Brust und schraubt an seinem Radio und hält es ans Ohr. Es rauscht, in der Surselva, es rauscht, Gold gefunden, er schraubt am Radio, man hat Gold bei uns gefunden, ruft er, hast du gehört? Es rauscht, er schaut zur Lampe an der Decke hoch, zum Wetter, es rauscht, hm, sagt er und steht auf und klopft an die Badezimmertüre und hält das Ohr daran, die WC-Spülung geht. Man hat Gold bei uns gefunden, sagt er, hast du gehört? Ich bin noch nicht fertig, sagt sie hinter der Badezimmertüre. Hast du etwas geträumt in der Nacht, fragt er. Ha, fragt sie, ich verstehe dich nicht, das Wasser ist an. Wir hätten uns im Wald verlaufen, habe ich geträumt, und seien für immer verloren gewesen, hm, sagt er vor sich hin und geht zum Balkon und macht die Türe auf, was man alles so träumt. Aber gut ist uns niemand zum Balkon reingestiegen, er setzt sich ins Bett und holt eine alte Zigarrenschachtel aus dem Plastiksack. Schau den Bademantel, sagt sie und kommt aus dem Badezimmer. Moment, sagt er und legt die Banknoten auf der Decke aus, ich bin am Zählen. Da ist sogar der Name vom Hotel auf dem Bademantel eingenäht, sagt sie und nimmt die Champagnerflasche aus dem Kübel mit Eis. Lieber nicht anfassen, diese Korken springen von alleine auf, die sind empfindlich, und dann haben wir die Schmach, sagt er und zählt die Noten, da können wir auch gleich unsere Haushaltskasse am Empfang abgeben, die mageren Jahre sind durch, wo wir auf der Autobahn in der Nacht die Scheinwerfer ausmachen mussten, um Benzin zu sparen. Jetzt, da wir was beisammen haben, müssen wir das nicht gleich zum Fenster rauswerfen. Unsere ganzen Ersparnisse hättest du nicht mitschleppen müssen, sagt sie und trocknet sich mit einem Badetuch die Haare, zu Hause auf dem Schrank ist die Hauskasse sicherer. Da wäre ich mir nicht zu sicher, wer einen Nachbarn wie den Hans hat, ist lieber wachsam, sagt er, hockt wie ein Hase in seinen Gartenbeeten. Mit in den Himmel können wir sie nicht nehmen, sagt sie und legt den Bademantel ab, lass uns ins Casino gehen, und dann spielen wir Roulette, und davor ziehen wir uns schön an und gehen in ein nobles Restaurant, das volle Programm. Genau so machen wir es, sagt er, und enden wie die Marta, die schöne Ballerina aus La Plata, die ihr Talent im Casino deponiert hat und nachher für etwas Gnadenbrot über die Seile im Zirkus gehen musste und runter fiel und sich beim Aufprall die schönen Beine brach und auch noch gleich starb. Drei Tage und Nächte lang war die Strasse im Quartier blockiert, weil ihre Familie die Totenwache mitten auf der Strasse unter den Bäumen abhielt, die sassen da auf Stühlen um den Sarg, wie sie sich das gewöhnt sind. Wir setzen einfach einen Hunderter ein, sagt sie und zieht sich an, und wenn wir den verspielt haben, gehen wir wieder. So einfach ist das eben nicht, sagt er und legt das Geld in die Schachtel, es geht immer noch was. Im richtigen Moment zu gehen ist eine Kunst für sich, das ist wie beim Skifliegen, den K-Punkt an der Schanzenkante, den trifft man nie ganz.

Im Flur, auf dem Weg zum Frühstück. – Schau dir das an, sagt er und zeigt mit dem Finger auf das Hirschgeweih, das an der Wand neben den Bildern der Ahnen hängt, das fällt sicher noch runter, für solche Trophäen hätten unsere Vorfahren nicht mal das Gewehr geladen, um es danach putzen zu müssen, aber man muss halt das schiessen, was es hat. Ich habe noch was vergessen, sagt sie und dreht sich wieder um und geht zurück ins Zimmer. Meine Grosstante, die Tante Leta, war die erste Jägerin im Kanton, sagt er und geht ihr nach und bleibt vor der offenen Zimmertüre stehen, als sie auf die Welt kam, war sich ihr Vater sicher, dass es dieses Mal einen Buben gäbe, und nachdem er seine Frau auf dem Parkplatz vom Spital abgeladen hatte, fuhr er eine Linie direkt weiter zum Georg und kaufte seinem Sohn zur Geburt eine Flinte. Er hat die Hände in den Hosentaschen. Etwas baff war er schon, als er zurück im Spital das schöne Mädchen sah, so dass sie eben die Flinte bekam. Ein Bediensteter in einem Smoking und weissen Handschuhen schiebt eine alte Frau in einem Rollstuhl an ihm vorbei. Im Mund hat die alte Frau eine Zigarette. Keiner war flinker als sie, sensationelle Hände hatte sie, pif paf und der Hirsch lag tot wie ein Lumpen im Gras, sagt er, im September knallte und krachte sie in den Wäldern weit um das Dorf herum, eine Frau zum Verderben gefährlich, bekannt bis ins Tirol hinaus und mit Haaren rot wie die Flammen vom Teufel, da schwieg sogar der Pontifex, wenn sie auftauchte. Er nimmt einen Kamm aus seinem Plastiksack und seine

Dächlikappe vom Kopf und fährt mit dem Kamm durch die Haare. Hantierte halt gerne mit Dynamit, so ist sie dann auch explodiert. Er steckt den Kamm in die Brusttasche von seinem Anzug, steht vor den Spiegel hin und setzt seine Dächlikappe auf. Sie kommt aus dem Zimmer und hängt ihren Arm bei ihm ein. Weisst du, wo wir durch müssen, fragt er und schaut sie an. Wie auch, sagt sie und schaut über den Flur. Der junge Mann mit der Kappe geht an ihnen vorbei und grüsst.

Hinter dem Hotel auf dem Parkplatz. – Er zieht seine Krawatte nach und pfeift ein Lied. Sie fotografiert ihn vor dem Jaguar. Ein schneidiger Karren, sagt er und streicht mit der Hand über das Dach, so etwas in dieser Art hatte ich auch, ein schönes Cabrio mit Ledersitzen und einem Steuerrad aus Holz, ein Pininfarina war das, und die Hupe in Moll, da standen die Nonnen schnell auf die Seite, wenn man drauftrat, aber laut war das Ding, wie ein Flugzeug, dass du mit Ohrenpfropfen fahren musstest, und wie viel der soff, sobald man etwas in die Pedale trat, leerte sich der Tank wie ein Brunnen. Von dem weiss ich nichts, sagt sie, du schwindelst. Noch bevor wir uns kennenlernten, fuhr ich so eine Rakete, genau so eine, schnell wie eine Kanonenkugel. Da hatte ich noch die Koteletten schön wie der Elvis. Ich weiss nur von der Ente, die du im See versenkt hast, sagt sie. Wenn die Gnädige vom Gemeindeschreiber mich von der Strasse drängt und in den See runterstösst, sagt er. Meine schöne Ladung Salatsetzlinge hast du im See ertränkt, sagt sie. Die Dicke fuhr mit Stöckelischuhen, triffst damit ja nicht die Pedalen, sagt er, dann schwankt die Wanne halt hin und her, und anstatt mich in die Ewigkeit zu verabschieden, bin ich rechts abgebogen, runter in den See, also mit dieser teile ich das Grab nicht. Er kreuzt die Arme. Dass dein Salat auf dem Beifahrersitz gestapelt lag, war Pech, er hebt die Hände und schaut sie an. Sie fasst sich an die Brille und dreht sich um. So eine würde heute durch keine Prüfung mehr kommen, stell dir vor, er schaut dem Jaguar zum Fenster rein, früher gab es keine Theorieprüfung und dergleichen, in Ilanz auf dem Kiesplatz am Stadtrand fuhrst du zwei Mal im Kreis, dass der Experte sah, dass du das Fahrzeug beherrschst, und mit zwei Bier war die Prüfung abgenommen und du warst pronto fürs Leben. Ohne Fahrprüfung hast du hier oben sowieso keine Chance, eine Frau zu finden. Er schaut wieder auf, es fängt an zu regnen. Sie ist verschwunden.

Vor dem grossen Fenster in der Lounge. – Sieh dir das an, er steht vor dem Fenster und schaut in den Regen, hier kommen wir nicht mehr weg. Als wir uns kennenlernten, regnete es auch, sagt sie und schmiegt sich von hinten an seine Schulter, weisst du noch? Das ist aber eine Weile her, sagt er, dann fuhr ich noch den Renault, eine alte Kiste war das, lag alle zweihundert Meter ab, weisst du welchen? Den braunen mit den gelben Streifen, der sah aus wie ein Schreibtisch, war aber schnell genug. Du hast mir lange keine Blumen mehr gebracht, sagt sie, vielleicht kommen die Blumen nach dem Regen. Am ersten Tag sind die Blumen noch hübsch, sagt er, und am zweiten lassen sie die Köpfe hängen wie alte Schafe, ausser die aus der Migros, die halten etwas länger. Aber für ewig halten nur die Blumen aus Plastik. Er wischt sich mit dem Taschentuch über die Stirn und steckt es wieder in die Hosentasche. Ich weiss noch, als wäre es gestern gewesen, wie du auf mich zukamst und wir uns das erste Mal ansahen, sagt sie, an diesem Tag auf dem Oberalppass beim See gleich vor der Galerie. Ja, sagt er, ich war in Andermatt gewesen und hatte dem armen Paul ein paar Batterien für den Radiowecker geholt, und der Renault lag vor der Galerie ab, das weiss ich noch genau, wie er zuerst stotterte und dann humpelte und ich den Schlitten noch knapp auf die Seite fahren konnte, es schiffte wie heute, und du standest da am See mit einem roten Eimer am Fischen. Ja, sagt sie und schmiegt ihre Wange an seine Schulter, ich trug die grüne Pellerine, damit mich die Fische nicht sahen, und du hast mich gefragt, Pardon die schöne Madame, versteht Sie denn etwas von Autobatterien? Das vergesse ich nicht. Der Pianist spielt im Hintergrund eine leichte Melodie. Er legt seinen Arm um ihre Hüfte. Eine alte Frau mit einem schwarzem Hut geht hinter ihnen durch. Sie dreht sich zu ihrem Hund, komm Gulasch, na komm schon, ruft sie ihm zu.

In der Bibliothek. – Auf dem Fenstersims liegt eine schwarze Katze. Die Waffen der Poeten, sagt er und geht mit dem Finger über die Buchrücken, und wenn es ganz blöd kommt, enden sie als Metrostation. Er nimmt ein Buch aus dem Regal und blättert darin. Sie sitzt auf dem Diwan vor dem Fenster und liest. Was liest du denn da, fragt er und blättert. Sie reagiert nicht. Schatz, was liest du, fragt er. Was hast du gesagt, sagt sie und schaut auf. Ist das ein schönes Buch, sagt sie, schau, das ist die Biografie von der Piaf, sie hält das Buch hoch, jetzt ist sie gerade im Hotelzimmer und wartet auf ihre grosse Liebe, diesen Boxer, der im Flugzeug unterwegs zu ihr ist. Das ist Kirschholz, sagt er und streicht mit der flachen Hand über die Wand, das erkennt man sofort. Jesses, sagt sie vor sich hin und hält die Hand vor den Mund. Er nimmt eine Flasche vom Wagen mit dem Goldrand und schaut sich das Etikett an, macht die Flasche auf und schenkt sich einen Whisky ein. Er trinkt und schaut zum Fenster raus in den Regen, ja ja, der arme Paul las auch, das hatte er sich denk selber beigebracht. Aber wer anders ist, hat es nicht leicht. Während wir mit Schwertern und Blech in den Haaren durch die Wälder zogen, las er vom Amtsblatt bis zum Kochbuch alles, was ihm in die Hände fiel, bis der betrunkene Nachbar unsere Katze mit der Mistgabel umgebracht hatte, er nimmt seine Dächlikappe vom Kopf, dann hatte er für ein Jahr aufgehört zu lesen. Zwei Tage später erschlug der Blitz den Nachbarn auf offenem Feld, als es stürmte und krachte. Er trinkt, ja ja, die Schönheit der Menschen zeigt sich bei Regen, sagte die liebe Silvia, die wusste schon. Ich lese am liebsten Biografien, sagt sie und überkreuzt die Beine. Schau, sagt er und nimmt ein Buch aus dem Bücherregal, das ist auch eine Biografie, von einem Radrennfahrer, auch ein Franzose, ob das denn alles auch stimmt, sagt er vor sich hin, im Radsport schwindeln jedenfalls die Belgier am meisten. Willst du nicht auch etwas lesen, Chéri, sagt sie und isst eine Praline. In diesen Biografien ist schön aufgelistet und eingeordnet, was man gemacht hat, sagt er, was man hätte machen wollen, mit wem man unter der Decke lag und mit wem man sich prügelte, und am Schluss steht immer, dass man nichts bereut. So finden wir den Frieden. Er trinkt und nimmt ein anderes Buch aus dem Regal, Friedhof- und Bestattungsreglement steht vorne drauf, hm, sagt er und blättert darin. Sie zieht ihn am Ärmel, ist das dort drüben nicht die Frau, die gestern Abend mit dem anderen da mit der Kappe war, flüstert sie ihm zu. Welche, sagt er und schaut sich um, die Alte dort hinten mit dem schwarzen Hut, dem Hund und dem Holzbein? Nein, sagt sie, die andere dort in der Ecke, die mit den schönen langen Haaren. Die Frau überkreuzt die Beine und schaut auf. Er dreht sich zum Fenster und streichelt die Katze auf dem Fenstersims. Die Katze macht die Augen auf und schnurrt. Sein Bauch knurrt.

Vor der Vitrine mit den Kuchen. – Kann man da einfach nehmen, fragt er und steht etwas auf die Fussspitzen.

Schau, sagt sie und hält ein Foto in den Händen. Das haben wir bei unserem ersten Treffen gemacht auf der Kegelbahn, als du dir das Kreuzband gerissen hast, sagt sie, da trugst du noch das Béret. Er schaut sich um, ich hätte grad schaurig Lust auf so ein Stück von diesem hier oben, er zeigt mit dem Finger. Und das hier haben wir gemacht bei unserem zweiten Rendezvous, sagt sie und nimmt ein anderes Foto aus der Handtasche, das ist in Farbe. Ich hatte Maluns für dich gekocht. Ja, sagt er, das vergesse ich nicht mehr, wo ich doch Maluns nicht so gerne mag. Aber ausgegessen hast du trotzdem, sagt sie, eine riesige Portion, und als ich nachgeschöpft habe, hast du noch einen zweiten Teller gegessen, und den Rest habe ich dir mitgegeben, damit du es zu Hause wärmen kannst. Hmm, selten so gut gegessen, hast du gesagt, sie lacht. Was hättest du an meiner Stelle gemacht, fragt er und hebt die Arme. Ich war denk verliebt, und aus Amore macht man ausser Sterben vieles, so habe ich halt tapfer diese Maluns gegessen, wenn's nichts weiter ist, mischt man sie schön mit Apfelmus und stellt sich vor, es seien Maccaruns, geht's grad noch. Hast du irgendwo einen Teller gesehen, fragt er und schaut um sich, oder gibt's das hier nicht, sonst esse ich halt mit den Händen. Über vierzig Jahre ist das her, sagt sie und schaut auf das Bild. Und eine Ohrfeige später ist man pensioniert, sagt er, die Zeit fällt einem in den Rücken. Ein älteres Paar geht hinter der Vitrine durch. Die sind falsch, sagt er und schaut durch die Vitrine dem Paar nach, die Kuchen, fragt sie, nein, die Brüste, sagt er, welche Brüste, fragt sie, na die von dieser Madame, hast du nicht gesehen, das sind Lampione, standen ihr ab wie Balkone, sagt er, da ist Luft drin, die sind nicht echt. Meinst du, sagt sie und beugt sich nach vorne und schaut dem Paar nach, das am Ende vom Flur in den grossen Saal verschwindet. Weit über hundert und sehen aus wie zwanzig, hier hängt doch etwas schief, und nicht eine dieser schönen Falten, aber gegen die Zeit kommen auch die nicht an, kannst füllen und glätten wie du willst, die Zeit dreht in die andere Richtung. Von Lippen dick wie Gartenschläuche lässt sich Petrus dort oben auf der Türschwelle denn nicht beeindrucken, er streckt seine Hand nach dem Kuchen aus. Sie steckt die Fotos in ihre Handtasche und hebt den Blick zur Decke. An der Decke hängt ein Kronleuchter. Irgendwo in der Ferne spielt eine Posaune.

Vor dem Hoteleingang. – Der Regen setzt aus, der Himmel reisst auf, die Sonne scheint. Eine Musikkapelle steht vor dem Eingang in Formation. Die Kapelle spielt, die Kutsche mit dem Brautpaar fährt vor. Die Hochzeitsgäste auf der Treppe klatschen. Die Braut winkt mit einem weissen Tuch. Hm, sagt er und isst eine Ragusa, die haben Courage. Sie stehen unter dem Vordach vom Kieshüttli neben der Telefonkabine. Wer heiratet denn an einem Mittwoch, sagt er, da kann man auch gleich an einem Montag heiraten. Mut bereut man nicht, sagt sie und hängt den Arm bei ihm ein. Aber was der Mut anrichtet, sagt er, das schon. Da fahren sie den Hügel hoch, steigen aus und heiraten, fahren wieder runter, lassen sich scheiden, und fahren mit der nächsten Kutsche wieder hoch. Wer weiss, wie oft die bereits in der Kutsche vorgefahren sind, das wollen wir gar nicht wissen. So fahren sie das ganze Leben im Kreis. Das hat auch seinen Reiz, sagt sie. Die armen Pferde, sagt er und isst eine Waffel. Am Himmel sind weisse Wolkenfetzen. Die sind, was wir waren, sagt er, und werden, was wir sind, sagt sie. Einsichtig wird man erst um Mitternacht, sagt er und richtet seine Krawatte. Wie der Giorgio, schwingt sich wie ein Tarzan von einem Gebüsch ins nächste und hat dabei so viele Frauengeschichten am Laufen, dass er nicht mehr weiss, welche jetzt die angetraute wäre, und dann lässt er den Kopf hängen wie ein Seppli und klagt, das wünsche er denn niemandem, wo er es doch selbst gewählt hat, der Cornichon. Er nimmt ein Zückerli aus der Tschopentasche und packt es aus dem Papierli, da bist du Pfarrer, und dann kommen wieder die gleichen wie zwei Wochen zuvor, einfach anders angeordnet, und du leierst wieder das gleiche Versprechen an die Ewigkeit runter, weil der Herrgott es so will, und denkst dir dabei, dass du lieber am Golfen wärst. Der Bräutigam steigt aus der Kutsche und hält der Braut die Hand. Hinter der Kutsche steht ein Junge und bläst Seifenblasen in den Wind. Wie romantisch das ist, sagt sie, schau den schönen Strauss, und der Schleier. Es blendet, sie hält sich die Hand vors Gesicht. Gut haben wir das hinter uns, sagt er.

Lass uns das Versprechen erneuern, jetzt haben wir Zeit, sagt sie, wenn wir auf der Queen Mary sind, ich ziehe mein weisses Kleid an und wir schmeissen Champagner und die Blumen über den Schiffsrand ins Meer. Auf dem Balkon steht eine Frau im Nachthemd und flucht auf Italienisch. Er schaut hoch und steckt sein Zückerli in den Mund. Das Telefon in der Telefonkabine klingelt. Sie drehen die Köpfe zur Telefonkabine.

Auf der Terrasse. – Wie das plötzlich schön geworden ist, sagt sie und hält die Hand vor die Stirn. Ich habe dir gesagt, dass es hier oben schnell geht, er blättert in der Zeitung, in der Hand hat er eine Schere. Maria, porta ils Liegestuahls, ruft die Frau auf der Türschwelle ihrer Angestellten zu. Willst du dich nicht etwas in die Sonne setzen, fragt sie. Ich bleibe unter dem Dach, sagt er, hier oben geht's schnell und zac bum schiffet's wieder, er fährt mit der Zunge über die Lippen und schlägt die letzte Seite der Zeitung auf. Er liest die Todesanzeigen und schneidet sie aus. Für söttigs hast du Zeit, sagt sie, aber um mit mir einen Waldspaziergang zu machen, ist dir die Zeit zu schade, sie setzt sich in einen Liegestuhl. Kennst du diesen hier, fragt er und streckt ihr die Todesanzeige hin. Sie reagiert nicht. Schatz, kennst du den nicht, fragt er. Wenn wir schon hier sind, sagt sie und nimmt die Gala vom kleinen Tisch, das kannst du auch zu Hause machen. Sicher nicht, sagt er, morgen sind denk die nächsten in der Zeitung, da muss man jeden Tag dranbleiben. Er schneidet die nächste Todesanzeige aus, schau, sagt er, die hier ist aber alt geworden, er hält ihr die Todesanzeige hin und lächelt, da habe ich eine Alte erwischt. Um herumzusitzen müssen wir nicht hier sein, sagt sie und setzt sich ihre Sonnenbrille auf. Das sage ich schon die ganze Zeit, wer weiss, was hier noch alles passieren wird, sagt er und legt die Schere auf den Tisch und schaut über die Terrasse hinweg den Leuten zu, da legen sie sich hin, als legten sie sich zum Sterben hin, um nie mehr aufzustehen. Weisst du eigentlich, wie viele gleich nach der Pension sterben? Sie legt die Gala weg und blättert im Cosmopolitan. Dann krampfen sie das ganze Leben lang mehr oder weniger streng, sagt er, und sobald man ihnen die Kelle geschüttelt hat und alles Gute wünscht, liegen sie ab wie diese Langläufer im Fernsehen und stehen nicht mehr auf, wie der Josef, der im Zoo die Löwen fütterte und am Abend nach der Pension in Canaria hätte landen sollen und anstatt mit dem Velo im Strassengraben lag. Er netzt seine Finger und blättert, die Liste ist lang, die Dunkelziffer hoch. Er faltet die Todesanzeigen in der Mitte zusammen und steckt sie in die Tschopentasche. Und der Rest ist gefährlich, das Alter ist böse, da vergisst einer mal die Medikamente und nimmt plötzlich eine Flinte irgendwo hervor und dreht durch und knallt uns alle ab wie Hasen, weil er sein Dessert nicht bekommen hat. Schatz, dein Blutdruck, sagt sie. Wenn wir wüssten, wie schnell wir tot sind, das geht dann gschwind, sagt er und wischt sich mit der Tischdecke über die Stirn. Das Glas fällt runter auf den Boden und geht in Scherben.

Am Seeufer. – Bist du jetzt zufrieden, sagt er und hebt die Hände. So, dann können wir wieder hoch, was sollen wir hier diesen See anschauen, da setzen wir uns lieber in den Fernsehraum und schauen die Tagesschau, damit wir wissen, was draussen alles passiert ist, oder wir steigen noch besser gleich direkt in den Bus und furt vo do, und wenn wir pressieren, schaffen wir es gerade noch auf den letzten Zug, und dann bleiben wir sitzen, bis wir daheim sind, und leisten uns als Belohnung zur Feier des Tages ein Taxi vom Bahnhof bis nach Hause. Aber wenn's blöd kommt, stürzt ein Baum auf den Bus und erschlägt uns, oder der Zug kommt von den Schienen ab, weil der Zugführer wieder betrunken ist und immer weiter trinkt, und wir sterben in einer Schlucht weit unten und werden nicht mal mehr gefunden, er legt seine flache Hand gegen die Stirn, wir sitzen in der Falle. Komm, lass uns ein bisschen spazieren, sagt sie und hängt den Arm bei ihm ein. Hinter ihr ist ein grosser Stein. Auf dem Stein sitzt eine Krähe. Für was denn, fragt er, und wenn wir uns verlieren und du hinten im grossen Wald den Fuss brichst, dann müsste ich dich wieder nach Hause tragen, oder? Wie dann, als wir am See ein Feuer machten und Würste brätelten, und sobald das Feuer ausging, war es dunkel wie im Sarg, hast du das vergessen? Das war romantisch, sagt sie, da haben wir im Wald miteinander geschlafen.

Ja, sagt er, weil uns nichts anderes übrig blieb gegen die Angst, nachdem wir eine Stunde lang im Finstern durch den Wald gelaufen sind, hier ein Abgrund, dort einer, Abgründe so viel wie im Leben, so sind wir halt abgelegen, ich habe kein Auge zugemacht. Ich habe geschlafen wie eine Fee, sagt sie und lächelt. Und als es trotzdem wieder hell wurde, stand das Töffli hinter dem nächsten Baum. Nie mehr ohne Taschenlampe, sagt er und holt sie aus dem Plastiksack. Er kontrolliert, ob sie funktioniert, irgendwo habe ich noch Reservebatterien, sagt er und wühlt im Plastiksack. Gulasch, komm, na komm schon, ruft die alte Frau mit dem schwarzen Hut und geht an ihnen vorbei. Ihr Hund geht hinter ihr her. Er schaut auf, jetzt warte doch, anstatt mir wieder davonzuspringen. Warum denn immer so eilig? Ich laufe nicht schneller, sagt sie und schaut über den See, wenn du immer stehen bleibst, wenn du redest, dann bin ich dir halt immer einen Schritt voraus. Ich kann denk nicht zwei Sachen auf einmal machen, sagt er und hält die Taschenlampe vor sich hin und geht ihr nach. Und wenn es plötzlich hagelt, ha, was machen wir dann? Sicher hagelt es bald, zac, wie eine Lastwagenladung Kies auf uns runter, und wir stehen bis zur Brust im Hagel und kommen nicht mehr raus, und wenn die Windsbräute wüten, sind die Hagelkörner gross wie Tennisbälle, das tut dann weh, gell. Es hagelt nicht, sagt sie, komm jetzt, hier ist es friedlich wie im Paradies. Still ist es vor dem Sturm, sagt er und hinkt ihr nach. Über dem See liegt ein feiner Schleier. In der

Ferne ist ein Fischerboot. Ein Fisch springt aus dem Wasser. Ein Vogel fängt ihn im Flug.

Beim Tennisplatz. – Grad gut kann der das nicht, sagt er und isst ein Kägifred. Sie sitzen auf der Anhöhe hinter dem Tennisplatz auf Klappstühlen und schauen auf den Tennisplatz runter. Er trägt seine Dächlikappe und eine Pilotenbrille. Was für eine schöne Frau das ist, sagt sie und windet mit ihrem Fächer. Die hätte etwas Besseres verdient als diesen Globi mit dem Deckel, sagt er mit vollem Mund. Die sind verliebt, sagt sie, schau, wie sie einander den Ball zuspielen, die leuchten ja richtig, die sind schwer verliebt. Wie willst du das denn wissen, fragt er und holt eine Birne aus seinem Plastiksack. Das spürt eine Frau, eine Frau spürt, wenn eine andere verliebt ist, wie eine Frau auch weiss, dass eine andere schwanger ist, das weiss man einfach, auch ohne dass man es weiss. Und warum spüre ich das nicht, fragt er und reibt die Birne an seinem dunkelgrünen Anzug. Das ist die weibliche Intuition, sagt sie. Die was, fragt er und beisst in die Birne. Du verstehst dafür etwas vom Wetter, sagt sie, wie schön es doch ist, wenn man verliebt ist, nichts ist schöner als das, sie fährt sich durch die Haare, du bist wie in einer Wolke, alles ist ein Traum und die Zeit bleibt andauernd stehen, vergisst zwar die Hälfte, aber das ist dir gleich. Ich spiele lieber Pingpong, sagt er, als Bengel haben wir viel Pingpong gespielt, der Klaus aus Tütschland hatte einen Tisch, den hatte ihm sein Vater gebastelt, und wir spielten und spielten, auch der Paul spielte mit, keiner spielte den Smash präziser, wochenlang spielten wir, ich sag dir, bei jedem Wetter, mit den Salsizbrettern von meinem Grossvater, die waren zwar viereckig, aber wer sagt denn schon, dass die Schläger rund sein müssen, das ist nur eine Mode, die werden schon wieder eckig. Er überkreuzt die Beine. Ein Mal will ich nochmals so richtig verknallt sein, sagt sie, nur ein Mal, aber dafür richtig, mit allem drum und dran. Beim Pingpong ist es wie im Leben, sagt er, man muss den Ball am höchsten Punkt treffen, genau dann, wenn er nicht mehr steigt, und gerade bevor er wieder fällt, da bleibt er für einen kleinen Moment stehen, der tote Moment, Momento Mori, da schlägt man zu, und dann voll durchziehen. Sie holt ihr Strickzeugs aus der Handtasche und fängt zu stricken an. Sie schaut dabei auf den Tennisplatz runter. Von weitem pfeifen die Vögel in den Bäumen. Der Wind streicht ihr übers Haar. Offsides, sagt er, der Ball war draussen, hast du gesehen, er stupst sie mit dem Ellenbogen an, der war draussen. Der war auf der Linie, sagt sie und strickt. Der bschisst, sagt er, der war ganz sicher im Out, siehst ja noch den Abdruck neben der Linie. Er holt einen Feldstecher aus seinem Plastiksack und schaut durch, siehst du, er streckt ihr den Feldstecher hin, das war Foul, und jetzt küssen sie sich auch noch, der will sich den Punkt erschleichen, ja, ist das jetzt ein Tennismatch oder was, denken die denn gar nicht an die Zaungäste? Jetzt lass sie doch, sagt sie und zählt die Maschen, die sind verliebt, sonst würden sie nicht Tennis spielen. Sie zieht ihre Strickjacke über die Schultern, ein kühler Wind geht. Am Rand vom Tennisplatz wachsen weisse Lilien. Die Vögel auf dem Zaun schweigen.

In der Küche. – Liebe kommt und geht, wie Kopfschmerzen auch, sagt er und macht die Türe auf. Sie wischt eine Feder von ihrem Kleid. Um die Schulter trägt sie ein weisses Tuch. Oha, wo sind wir denn hier gelandet, sagt er und strahlt. Er macht das Licht an. Wir sind falsch, sagt sie und fasst ihn am Oberarm, ich habe dir doch gesagt, dass es rechts durch geht und nicht links. Wenn wir schon hier sind, können wir auch gleich ein bisschen bleiben, sagt er und steht in die Küche rein. In der Hand hat er seinen Plastiksack. Schau all die schönen Töpfe, und das ist der Herd, und hier die Instrumente, er fährt mit der Hand darüber, es klimpert, und was ist denn das hier drüben, er geht zur Ablage unter dem Fenster und hebt den Deckel einer Pfanne hoch. Schatz, lass uns gehen, sagt sie, wenn jemand kommt, schicken sie uns sofort nach Hause. Was für ein Zufall, sagt er, jetzt wissen wir sogar, wo die Küche ist, er steckt den Finger in die Suppe. Sie verdreht die Augen. Mhm, nicht schlecht, sagt er, ich war im Militär in der Küche. Stell dir vor, du kochst für eine ganze Armee, die waren hungrig wie eine Büffelherde, wenn sie vom Schlachtfeld kamen. Die Küche ist das Herz einer Armee, ohne Küche geht nichts, bleibt die Küche aus, schweigen auch die Kanonen. Und du stehst da zuvorderst, mit

Mitra und weisser Schürze, in der Hand die Schöpfkelle wie ein Königszepter, und auf hunderte Meter stehen auch die stärksten Soldaten mit ihren verbeulten Blechschüsseln in der Hand, und du alleine entscheidest, wer wie viel vom Heldenbrei bekommt. Mit dem Koch musst du es gut haben in der Armee, der Koch ist so mächtig wie der König, er öffnet den Kühlschrank. Komm jetzt sofort da weg, sagt sie und macht das Licht aus. Was ist denn das Schönes, sagt er und streckt die Hand in den Kühlschrank.

Beim Brunnen neben dem Kreuz. – Wie schön frisch das ist, sagt sie und bewegt ihre Hand im Wasser hin und her. Im Brunnen liegt ein Besen. Solche machten wir auch als Kinder mit der Tante Barla, sagt sie und fasst den Besen an, der im Brunnen liegt, die Männer fällten die Bäume, und mit den Stauden banden die Frauen die Besen, und dann kamen sie für drei Tage in den Brunnen. Die Besen brauchen wir, um die Spuren zu verwischen, sagt er und greift in seine Hosentaschen, Kopf, wo habe ich nur den Hausschlüssel. Die Tante Barla, wie die schön war, sie liebte den Zahnarzt mit dem Porsche, sagt sie, wenn sie mit dem Besen im Wald verschwand, traf sie den Zahnarzt, ein Leben für eine Liebe. Die Barla mit dem weissen Haar, die aus deinem Dorf meinst du, die im Nachthemd am Dorfrand auf dem Hügel im Wind stand wie an einem Leuchtturm und übers Meer schaute, sagt er und legt zwei Schlüsselbunde auf den Brunnenrand, aber die war doch ewig jung und nie verheiratet, sagt er und lockert seine Krawatte, und der Zahnarzt war doch liiert, obwohl er immer barfuss fuhr. Das durfte denk niemand wissen, eine Amour fou war das, sagt sie und schaut ihr Spiegelbild im Brunnen an, sie liebten sich donnerstags im Wald, während die Bäume rundherum schwiegen, und irgendwann ist der Zahnarzt in seinem Porsche nicht mehr aufgetaucht, sie wartete in der Lichtung und er tauchte einfach nicht mehr auf. Sie hält die Hände ins Wasser und fährt mit den nassen Händen über die Oberarme. Je tiefer die Brunnen, umso grösser die Geheimnisse, sagt er und kramt in seinen Hosentaschen. Mit seinem silbernen Porsche ist er verunfallt, sagt sie und fasst sich ans Herz, als er auf dem Weg zu ihr war, aber das hat sie erst erfahren, als er längst begraben war, dann war sie bereits nicht mehr ganz da. Hm, sagt er und legt drei weitere Schlüsselbunde und ein paar Münzen auf dem Brunnenrand aus. Die grossen Lieben sind immer die, die wir nicht ausgelebt haben, sagt sie und fährt mit der nassen Hand über ihren Nacken. Gefunden hat man sie auf dem Hügel am Dorfrand, sie hing am Baum, sie dreht sich um und schaut zum See. Ah, da ist der Hausschlüssel ja, sagt er und strahlt, ich dachte bereits, ich hätte ihn fürs Leben verloren.

Auf dem Dachstock. – Das Leben ist eine Krümpelkammer, sagt er, ein grosses Chaos, und eingeordnet wird erst am Schluss. Schau, sagt sie und nimmt eine rosarote Federboa und hängt sie sich um, das ist wie auf der Titanic, sie streckt die Arme auf die Seite. Ihr Kleid glitzert. Heute bin ich die Marlene. Der Mensch ist sein Leben lang damit beschäftigt, Plunder anzuhäufen, sagt er, vielleicht finden wir hier drin auch einen Pensionär, er wühlt in den Schachteln und Kisten, schuftest dein Leben lang mit einer Leidenschaft gross wie das Meer, und sobald du beim letzten Tag angekommen bist, stellt man dich in den Schrank, bis der Herrgott dich wieder rausholt. Er nimmt einen Totenkopf in die Hand und hält ihn hoch. Er wendet ihn, auf der anderen Seite ist das Gesicht einer jungen Frau, hm, er legt ihn auf die Ablage einer Kommode. Einen so guten Abwart wie mich musst du denn zuerst noch finden, und am letzten Tag, wo du deinen schönen Anzug angezogen hast und parat bist, vergessen die Holzköpfe deinen Namen abzulesen, dafür bekommt die gnädige Frau Wehrli eine Laudatio lang wie eine Autobahn, als hätte sie das Rad erfunden, aber der Abwart, der den Schulbetrieb, den ganzen Zirkus, erst am Laufen hält, wird geschnitten, als hätte es ihn gar nie gegeben, nur weil du nicht aufs Maul gesessen bist und auch mal aufgeräumt hast mit der Bande, das ist die Retourkutsche, ja ja, aber das vergisst sich nicht. Gut habe ich drei Mal geräuspert, und etwas Geschirr ist unglücklicherweise auch noch auf den Boden gefallen, wer das Schaf vorgibt, wird von den Wölfen gefressen, so dass der Schulprediger mit seinem quadratischen Kopf dann doch gemerkt hat, dass er ein Tor ausgelassen hat. Und dann serviert man dich mit einer Schachtel Pralinen und einer billigen Krawatte aus Belgien ab und schlägt dir die Türe vor der Nase zu, Adios auf Nimmerwiedersehen. Die Grossen wurden zu Lebzeiten nie gewürdigt, das ist ihr Brot. Vor ihm auf dem Boden liegt eine Holzkiste wie ein Sarg. Er macht sie auf. Aber so wie die Frau Wehrli werde ich nicht enden, sagt er, kaum hatte man sie mit Feuerwerk und Posaunen in die Pension entlassen, stand sie am ersten Tag vom neuen Schuljahr wie die 50 Jahre davor auf der Türschwelle, auf der Nase ihre Brille gross wie ein Fernseher und parat für fünf weitere Jahrzehnte Frontalunterricht. Er kramt einen Tennisschläger aus Holz aus der Kiste und dreht ihn in der Hand. Hatte die gute Pädagogin doch den Eltern ihrer Klasse eingeredet, ihre Bengel bräuchten dringend Stützunterricht, und sich gleich noch angeboten, so dass sie im Jahr 1 nach der Pension ein volles Pensum beisammen hatte und am ersten Schultag wieder da stand frisch wie ein halbes Jahrhundert davor. Er holt mit dem Tennisschläger aus, als sie ein zweites Mal verabschiedet wurde, und schwingt den Tennisschläger durch, dieses Mal ein bisschen weniger feierlich, starb ihr der Motor nach wenigen hundert Metern ab. Er steht aufrecht hin und dreht sich zu ihr, Jesses! Gefalle ich dir, fragt sie. Wo hast du denn dieses Kostüm her, du meine Güte, und diese Strümpfe plötzlich, er hebt die Augenbrauen, und so viel Lippenstift. Küss mich, sagt sie und packt ihn am Kragen. Der Totenkopf fällt von der Ablage und rollt über den Boden.

Im Blumengarten. – Das Leben ist ein Blumengarten, sagt sie und wischt ihm mit der Spitze vom Tuch den Lippenstift von der Backe. Ich habe mal in einer Lesbenbar in Milano die Gärtnerin einer Telenovela geküsst, sagt er und strahlt, ein Filmstar. Ich weiss, sagt sie. Mit Zunge, das war denn gut, gell, sagt er und schaut sie an. Ich weiss, sagt sie, dann hattest du noch lange Haare und keinen Schnauz, ich weiss, können wir diese blöde Baba jetzt dort lassen, wo sie ist? Immerhin ist es bald vierzig Jahre her. Was tust du denn so, sagt er, magst du mir das nicht gönnen? Sie wendet sich ab und fasst sich an die Brille. Wie gerne hätte ich einen Blumenladen gehabt, sagt sie und fährt mit den Händen über die Blumen, meinen eigenen Blumenladen. Du hast doch im Laden gearbeitet, sagt er. Ja, aber nicht im Blumenladen, sagt sie. Aber im Dorfladen, sagt er, wohl gut, und ich habe dir geholfen, die Aprikosenkisten herumzustapeln. Einen schönen, kleinen Blumenladen, sagt sie, das hattest du mir vor der Hochzeit versprochen. Das wollten wir ja auch, sagt er, aber dann haben wir das Haus übernommen, das kostet, und dann musste man das Dach neu machen, und dann kam das Auto, und dann fehlte eine Garage für die schnelle Ente, kannst so eine hübsche Ente ja nicht auf der Strasse abstellen, dann der grosse Grill. Ich weiss, sagt sie, immer kam etwas dazwischen. Der hat uns viel Plausch beschert, der schöne Grill, sagt er. Eine Lokomotive im Garten, ja, sagt sie, aber ausgerechnet für den Blumenladen war nie die richtige Zeit. Wo es doch schon überall

Blumen hat, sagt er, schau dir das an, Blumen wo man hinsieht, und all die Bienen, die so viel Blumenwonne anlockt wie beim Alfred. Sie drückt die Lippen aufeinander und hält das Tuch am Hals fest. Aber vor den Gärtnern attenzione, sagt er, auch bei uns auf dem Schulhof war der Gärtner der Räuber. Sie reisst eine Aster aus und riecht daran. Der hat den Tresor die Treppe runtergeschleppt und all die schönen Treppentritte kaputt gemacht, sagt er, und den Tresor in die Schubkarre mit dem abgebrochenen Arm verladen und über den Pausenplatz geschoben bis zum Parkplatz, dort den Tresor auf den Traktor verladen und furt. Die Carretta blieb da liegen wie ein Kindervelo. Und warum soll das der Gärtner gewesen sein, fragt sie und schmiegt ihre Wange an die Federboa. Natürlich war das der Gärtner, wer sonst hätte denn wissen sollen, wo meine schöne Carretta war? Das habe ich dem Polizisten gesagt, aber der Gargamel glaubte, ich hätte etwas mit diesem Verbrechen zu tun, wo doch der Gärtner tags davor entlassen worden war. Wer nicht zur Arbeit kommt, wird entlassen, das war bereits vor tausend Jahren so, und aus Vergeltung hat sich der Kerli den Tresor geholt. Guten Tag, er hebt seine Dächlikappe an, schauen Sie nur rein, habe ich dem Kommissar gesagt, als er zu uns nach Hause gekommen ist und den Schuppen sehen wollte, nix drin da, ha, aber erniedrigend ist das denn schon, wenn man dich für einen Delinquenten hält, wo du dein Lebtag lang rechtschaffen warst, als würde man dir die Hosen runterlassen, ja, genau so fühlt es sich an, und am Schluss stehst du vor dem Tribunal. War doch alles halb so schlimm, sagt sie und geht durch den Garten. Gulasch, na komm schon, ruft die Frau mit dem schwarzen Hut am Waldrand.

Am Waldrand hinter dem Hotel vor der Holzbeige. – Hm, sagt er und steht vor der Holzbeige hin und drückt mit der Hand gegen die Holzbeige, grad schön haben die diese Holzbeige nicht aufgeschichtet, die kippt mit dem ersten Wind, die sollte man sicherheitshalber umstossen und neu machen lassen. Wir könnten etwas pilzen gehen, sagt sie und schaut an der Holzbeige vorbei, sicher hat es viele Pilze in diesen Wäldern. Sie trägt eine Sonnenbrille. Wer lügt, findet viele Pilze, sagt er und nimmt ein Holzscheit von der Beige, beim alljährlichen Wettbewerb wäre diese Holzbeige denn nicht in die Ränge gekommen, sagt er und schaut sie sich genau an, eine Woche lang wurde aufgeschichtet mit Lineal, Schnur und Leiter, am Montag ging es los und am Sonntag ging die Jury durchs Dorf und prämierte die Holzbeigen, standen da mit den Händen in den Hosensäcken und Sonnenbrillen, damit man ihre Augen nicht sah und etwas von ihren Augen hätte ablesen können, und wenn sie miteinander redeten, hielten sie die Hand vor den Mund wie diese Fussballer im Fernsehen. Er dreht das Holzscheit in der Hand, ja ja, zwei Mal sind wir Zweite geworden, Schätzeli, Silbermedaille, das vergisst sich nicht. Die Sonne geht schon bald unter, sagt sie und zeigt mit der Hand zum See. Aber ob da alles sauber war, das weiss man halt nicht so recht, dass der Seppi mit dem Hinkefuss fünf Mal nacheinander gewann, obwohl seine Holzbeigen schief standen wie die Häuser in Pisa, ist dann doch ziemlich komisch, ja ja, das war sicher Bschiss. Wie willst du das wissen, sagt sie. Oh, sobald es dunkelte, ging der Seppi hausieren, der hat die Jury abgefüllt und sich die Stimmen erschlichen, die besten Geschäfte werden im Dunkeln gemacht um Mitternacht, und wer am meisten trinken mag, gewinnt. Das war schon immer so, sagt er und holt einen Schnaps hervor und trinkt, der Seppi war halt trinkfest wie ein Fels im Meer, und wenn die anderen längst im Dilirium unter dem Tisch lagen, war er immer noch frisch oben im Dachstock und schenkte von diesem heiteren Wasser nach. Bis jetzt hat sich noch niemand getraut, an seinem Stuhl zu sägen und die Majestät von seiner Holzbeige zu stossen, aber irgendwann kommt das schon noch ans Licht, ja ja, wart nur, er nickt. Der zweite Platz ist doch gut, sagt sie. Der zweite ist nicht der erste, sagt er, wenn man wüsste, was alles hinter den Holzbeigen abgeht, aber die sind halt hoch gestapelt. Vor dem jüngsten Gericht wird einem jedenfalls nochmals alles vorgelesen, was man im Leben angestellt hat, und entweder kommt man in die warme Stube oder wird den Löwen vorgeworfen.

Im Foyer. – Was blockieren die den ganzen Durchgang zum Esssaal, sagt er und steht auf die Fussspitzen und schaut über die Leute hinweg. Die sind sicher gleich fertig, sagt sie. Heute gibt's Spaghetti mit Sugo, flüstert er ihr zu und liest auf dem Fresszettel, den er in der Hand hat. Warum willst du das wissen, fragt sie. Weil ich angerufen habe und gesagt, dass wir Spaghetti mit Sugo wollen, mein Lieblingsessen, schau hier, ich hab's mir aufgeschrieben. Er streckt ihr den Fresszettel hin. Ich nehme Fisch, sagt sie. Das geht nicht, sagt er, ich habe für beide bestellt, Spaguns mit Sugo. Im Zimmer hat's denk ein Telefon. Die Leute klatschen, die Musikkapelle spielt. Was machen die denn da, fragt er. Die feiern ein Jubiläum, sagt sie, schön spielen sie. Das Schönste an Jubiläen ist das Essen, sagt er, aber dass da immer die Reden sein müssen, das verstehe ich nicht. Sind da oben und tun so importante, als müssten sie nie sterben. Hinter ihm an der Wand hängt Jesus am Kreuz. Seine rechte Hand ist abgebrochen. Ein dicker Mann steht auf und geht zum Rednerpult, holt ein Blatt aus seiner Innentasche und zieht die Krawatte nach. Jetzt aber, sagt er und schaut über die Leute hinweg, vor der Oase liegt die Durststrecke, aber wäre es umgekehrt, würde niemand den Weg durch die Wüste gehen, zu den Sternen kommt man halt nur durch die Bitternis, ja ja, sagt er und holt seine Taschenuhr aus seinem Tschopen, mal sehen, wie viel Lebenszeit er uns abnimmt, das sollte man denen in Rechnung stellen, er schaut auf seine Uhr. Der Melchior aus Chur hatte sich um eine Dreiviertelstunde verfahren, so dauerte seine Rede anstatt einer Viertelstunde eben eine gute Stunde, er steckt seine Taschenuhr wieder weg, der stand in der grossen Hitze auf dem Podium und tobte wie im Wilden Westen, den Kopf heiss wie eine Herdplatte warf er Sätze wie Molotov-Cocktails ins Publikum, dass die Ehrendamen in Schwarz mit ihren spanischen Windmaschinen bei jeder Detonation aufschraken. Mein Gott, was für ein Gewitter der heraufbeschwor. Sie hält ihre Hand gegen die Brust. Wenn die erst mal Feuer fangen und in Fahrt kommen, sind sie nicht mehr zu bremsen, das ist wie bei den Nashörnern, der Bremsweg ist lang, nur dass er jedes Mal 150 Jahre brüllte anstatt 175, und im letzten Satz verklopfte es ihm das Herz. Tot sofort. Die schöne Frau und der Mann mit der Kappe gehen hinter ihnen durch. Er trägt einen schwarzen Anzug und sie ein Abendkleid. Das Lied ist fertig, ein Applaus wie ein Platzregen geht im Saal nieder. Sie hängt ihren Arm bei ihm ein, jetzt gehen wir essen, sagt sie.

Beim Konzert spätabends. – Morgen fahren wir mit der Kutsche, sagt sie, stell dir vor, wir zwei in der Kutsche, das wünsche ich mir schon lange. Er holt das Eau de Cologne aus seinem Plastiksack und schraubt den Deckel auf. Sie hält ihre Handtasche mit beiden Händen fest und richtet sich auf. All die feinen Leute, sagt sie, jetzt gehören wir auch mal zum Caramel. Auch ihnen ist der Tod gewiss, sagt er und schaut zur Bar. Auf der Bar brennen Kerzen. Wie lange wir nicht mehr im Konzert waren, sagt sie, das ist Jahre her, sie streckt ihren Kopf hoch, der dort vorne vor dem Cheminée, schau, der spielt sicher wunderschön, das sind genau vier Musiker, wie auf der Titanic. Der dritte Kamin war nur eine Attrappe, sagt er. Solche hat es dann sicher auch auf der Queen Mary, sagt sie, das ist wie im Märchen. Meine liebste Musik ist die von Speck in der Bratpfanne, sagt er und streicht sich Eau de Cologne auf den Hals. Neben ihm sitzt eine schwangere Frau, sie ist in Schwarz gekleidet. Und in die Oper will ich auch mal, da waren wir noch nie, sagt sie. Der arme Paul ging am Schluss nur noch in die Oper, sagt er und nimmt seine Dächlikappe vom Kopf, Puccini, immer nur La Bohème von Puccini, seit ihm seine Mary gestorben war, wollte er nur noch Puccini hören, der Arme. Und an der Beerdigung stand er da und sagte nichts, und es war grau und stürmte, und dann setzte der Regen ein, und er stand da im Regen und bewegte sich immer noch nicht, es regnete für drei Jahrzehnte, mein Gott, wie das regnete, da blutete einem das Herz, ihn vor dem offenen Grab so stehen zu sehen, und du fragtest dich, wie lange er da noch stehen will, ewig kann man da nicht stehen, irgendwann muss man ja weitergehen, aber er rührte sich nicht, er stand einfach da in diesem Regen mit einem Blick, der dir kalt den Rücken runter fuhr, und rührte sich nicht. Er fährt sich mit der Hand über die Augen. Es wird dunkel im Saal.

Am Morgen im Bett. – Was bleibt uns anderes übrig, als jeden Tag wieder von neuem aufzustehen, sagt er und schaut zum Fenster. Die Sonne scheint zum Fenster rein. Er kramt sein Radio aus dem Plastiksack, der neben dem Bett liegt, schaltet es ein und hält es ans Ohr. Bist du schon wach, Schatz, fragt er. Du hast geschnarcht, sagt sie und schaut an die Decke. Er schaut sie an, was, ich? Ja, du, sagt sie und nimmt ihre Brille vom Nachttisch und setzt sie sich auf. Das waren die im Nachbarszimmer, das sind dünne Wände hier, bei diesen alten Wänden hörst du alles, da war es denn schon anders in Roses, da waren die Wände vom Hotel ordentlich und dick, nicht wie hier. Sie schaut zum Fenster raus und hält die Decke vor der Brust. Ich habe sicher nicht geschnarcht, wie denn auch, wenn man nicht schläft, wie stellst du dir das vor? Ich meine gestern Abend, sagt sie, beim Konzert. Wie bitte, fragt er und schaut sie an. Sobald es dunkel wurde, hast du dein Hörgerät ausgeschaltet und die Batterien rausgenommen, das habe ich schon gesehen, sagt sie. Die haben ja laut genug gespielt, das hört man auch ohne Hörgerät, und Geld zum Verschwenden haben wir nun auch wieder nicht, Batterien sparen, die sind aus Malta, ein bisschen sorgsam sein, so können wir an Ostern etwas mehr den Armen spenden. Meine Grossmutter schaltete ihr Hörgerät nur am Sonntag ein. Er setzt sich im Bett auf und hält die Hände auf die Seite, wenn man nicht schlafen kann. Die, die nicht einschlafen können, sind dann auch die, die nicht sterben können, sagt sie und setzt sich im Bett auf, weil sie das Loslassen nie geübt haben, der Schlaf ist der kleine Tod, das sagte meine Grossmutter mit dem Glasauge immer, wenn wir nicht einschlafen konnten, und uns lief es kalt den Rücken runter. Das sehen die Franzosen aber anders, sagt er und steht auf und geht ums Bett, hast du meine Socken gesehen? Ohne meine roten Socken gehe ich nirgendwohin, rote Socken erden. Und als das Konzert fertig war, hast du dich betrunken, sagt sie und drückt ihre Lippen zusammen. Wer, sagt er und schaut sie an, ich?

Im Keller. – Er will die Türe vom Lift wieder aufmachen, der Lift fährt ab, oha, sagt er, wir sind in der Bredouille. Wo bist du, fragt er und tastet nach ihr. Na hier, sagt sie, hier drüben, ich habe dir gesagt, dass wir zu Fuss gehen sollen, aber nai. Wo, fragt er und tastet sich durchs Dunkel, es raschelt in seinem Plastiksack. Die Taschenlampe geht an, voilà. Wie soll ich Treppensteigen mit meinem Knie, sagt er, und wenn es schon Lifte hat, dann auch noch zu Fuss gehen. Wo sind wir denn? Im Keller sind wir, sagt sie, zuunterst im Keller, ich habe dir gesagt, das kommt nicht gut. Abwärts geht's immer, aber wie sollen wir hier je wieder hochkommen, sagt er und fährt mit der Taschenlampe die Wand entlang, Jesusmaria, wenn sie uns finden mit der Taschenlampe, halten die uns für Criminals und erschiessen uns mit drei Schüssen in den Rücken. Wie der Lorenzo, den man einbetoniert hat. Er macht die Taschenlampe aus. Jetzt mach die Taschenlampe wieder an, sagt sie. Wären wir doch nur zu Hause geblieben, das ist das Ende, sagt er, wer hätte das gedacht, dass wir in einem Kerker verhungern, man vergisst, dass man vergessen wird, aber das Ende kann man sich nicht aussuchen, er stöhnt. Dann wird es halt nichts mit deiner Titanic. Queen Mary, sagt sie. Ja ja, sagt er, genau so muss es auf deiner Titanic ausgesehen haben, die erste Klasse konnten sich nur die feinen Leute leisten, und wir wären im Dunkeln gesessen wie Giovanni Pastore. Wer, fragt sie. Der Giovanni denk, der all die Dessertlöffel auf der Titanic geputzt hat, irgendjemand musste das ja auch machen, aber wer im Keller hockt, interessiert niemanden. Das Leben besteht halt nicht nur aus Hauptrollen, Helden, Prinzen und Prinzessinnen, da sind noch ein paar andere. Ganze Züge zogen zu Fuss ihre Ameisenstrassen von der Surselva über die Pässe hinweg und landeten in den Kohlekellern dieser Paläste. Und es haben dann lang nicht alle zurückgefunden, gell. Sie tastet sich zu ihm und nimmt ihm die Taschenlampe aus der Hand, so, sagt sie und schaltet sie ein. Und hier ist der Knopf für den Lift, sie drückt drauf. Und der bringt uns direkt hoch in den Himmel, oder was, sagt er. Nein, vorerst mal bis zur Mittelstation, sagt sie, da gibt es Frühstück.

In der Kutsche. – Sind das nicht die anderen zwei Pistolers, flüstert er ihr ins Ohr und deutet mit dem Kinn nach vorne, die nehmen uns sicher aus, wie in Venedig der Gondoliere mit dem Gefangenenlibli, der hat uns die halbe Pensionskasse abgenommen, nur weil er uns ein Mal um den Block gerudert hat. Der hat schön gesungen, sagt sie. Schön ist es zu Hause auf dem Sofa, sagt er. Auf dem Kutschbock sitzen zwei Männer. Einer trägt ein blaues Überkleid und ein Stirnband. Der andere raucht und tippt in sein Handy. Sie trinken Bier. Die sind doch betrunken, sagt er, die fahren uns über die Strasse runter in den Abgrund, wir gehen lieber zu Fuss, er steht auf. Aber dein Knie, sagt sie, setz dich doch wieder hin. Was mein Knie, sagt er und dreht sich zu ihr, das ist schon fast wieder gut, lass uns aussteigen, bevor das grosse Malheur passiert. Dann können wir morgen die grosse Wanderung machen, sagt sie, wenn dein Knie wieder in Ordnung ist. Ja wer sagt denn, dass es morgen immer noch gut ist, sagt er, morgen ist Freitag, und am Freitag tut mir meistens der Rücken weh, was wissen wir denn schon, was morgen ist? Ruhestand heisst nicht, dass man sich nicht bewegen soll, sagt sie. Morgen ist Freitag, sagt er, dann wird der Toten gedacht und der armen Seelen, das war schon immer so, und sicher nicht gewandert. Die Kutsche fährt mit einem Ruck los, er hält sich fest und setzt sich hin, ein Gehetz, sagt er, nicht zu verwundern, dass so viele Leute sterben, sobald sie die Schwelle zur Pension überschritten haben, wo man doch endlich ein bisschen Ruhe haben könnte, aber nai, da wird man wie ein läufiges Kamel von einem Ecken in den anderen getrieben, das ist Gift für das Skelett, wo wir uns doch gemütlich auf dem Sofa hinsetzen könnten oder im Garten unter dem Feigenbaum und uns etwas ausruhen, jetzt, wo die Zeit uns gehört, das haben wir uns doch verdient, oder? Ja, jetzt haben wir Zeit, sagt sie, jetzt können wir alles machen, wovon wir das Leben lang geträumt haben, und dazu gehören Kutschenfahren, Massagen, ein Computerkurs, eine Schifffahrt mit der Queen Mary, ein eigener Blumenladen und ein Helikopterflug. Genau, und eine Ballonfahrt auch noch grad obendrauf, sagt er und hält die Hand vor die Augen. Dio mio, wenn wir wüssten, wie schnell wir tot sind. Nach San Francisco will ich auch, sagt sie. Ist das überhaupt im Preis inbegriffen, fragt er und dreht sich zu ihr. In der Hand hat er seinen Plastiksack und auf dem Kopf seine Dächlikappe. Diese Luft hier oben, sie atmet tief ein und lehnt den Kopf nach hinten, das ist für die Ewigkeit, und hörst du die Vögel, wie sie singen, der Doktor hat gemeint, das sei gut für deinen Kreislauf. Wir stehen am Anfang, jetzt geht's ja erst richtig los, sagt sie, der Himmel steht uns offen. Die Luft ist doch viel zu dünn hier oben, kannst ja nicht richtig atmen, sobald du vier Schritte machst, stöhnst du wie ein Gaul, schau dir den Hund da am Strassenrand an, sagt er und zeigt mit dem Finger auf den Hund, siehst du, der ist doch kaputt, so läuft doch kein normaler Hund herum, liegt ja fast ab, schau doch, wie ihm der Lumpen zum Maul raushängt, und ein Bein fehlt ihm auch noch. Sie fasst seine Hand, wickelt die Decke um sich und lehnt den Kopf an seine Schulter. Sie schliesst die Augen. Hör auf zu meckern oder ich lass mich scheiden, sagt sie und kuschelt sich an ihn. Wie bitte, sagt er, was hast du eben gesagt? Nichts, Schatz.

In der Kirche. – Die Orgel spielt, die Leute stehen auf. Wer ist das, fragt sie und schaut nach hinten, wo der Sarg in die Kirche getragen wird. Das ist der Tote, flüstert er ihr zu und schaut über die Schulter. Das weiss ich denk, sagt sie, aber wie heisst er denn? Er holt die Todesanzeigen aus seiner Tschopentasche und faltet sie auf, das ist, er blättert in den Todesanzeigen, wart, hm, der ist es nicht, der auch nicht, hm, Georg vielleicht, mh, nein, er blättert, Giusep, genau, Giusep heisst der, das ist der Giusep, siebenundsechzig, im Frühling geboren, im Herbst gestorben. Er faltet die Todesanzeigen wieder zusammen und steckt sie in die Tschopentasche, zieht die Krawatte nach, nimmt seine Dächlikappe vom Kopf und schaut nach vorne. Sein Hörgerät pfeift. In meiner Familie sind alle Frauen hundert Jahre alt geworden, flüstert sie ihm zu, den Rekord hält die Urgrossmutter mit 103, sie ist am weitesten gesprungen, aber dafür sterben die Männer mit sechzig. Grad viele Leute hat es heute nicht, sagt er und schaut sich um, da werden wohl noch ein paar kommen? So wie mein Vater, sagt sie, an einem Sonntag im Frühling ist er gegangen, hat sich davor noch den schönen Anzug angezogen und ist aus dem Haus. Auf der Türschwelle hat er nochmals innegehalten und zurückgeschaut. Auf dem Maiensäss hat er seine drei Kühe gemolken und gefüttert und gestreichelt und als er fertig und der Stall gereinigt war, und er seinen Tschopen wieder angezogen, den Hut aufgesetzt und den Stall verlassen hatte, brach er auf der Türschwelle zusammen. Ein schöner Tod. Sie blättert im Gesangbuch. Jetzt wär's dann Zeit für den Kyrie Eleison, sagt er und schaut auf seine Taschenuhr. Meine Mutter ist aus Schwermut im Herbst darauf in der Nacht in den See, sagt sie, sie trug ihr weisses Nachthemd. Sie schnäuzt sich, am Schluss sagte sie nichts mehr, sie sang nur noch, fand wenigstens etwas Trost im Lied. Das Lied ist dem Leid nicht fern, sagt er und schaut dem Sarg nach, der an ihnen vorbeigetragen wird. Selig, wer zu Hause begraben wird, in der eigenen Kirche, sagt er vor sich hin und holt ein Zückerli aus seiner Tschopentasche und packt es aus, es raschelt. Die grosse Kunst des Lebens ist der Tod, sagt er und steckt sich das Zückerli in den Mund. Willst du auch eins? Die vier Träger stellen den Sarg vor dem Altar ab. Der Pfarrer bekreuzigt sich und hebt die Hände hoch und schaut nach oben, er nickt, die Orgel setzt ein, die Leute singen.

Auf dem Friedhof. – Es donnert, der Wind zieht über den Friedhof. Ein Hut rollt über den Boden. Das ist der Föhn, sagt er und hält seine Dächlikappe fest, am Himmel sind dunkle Wolken aufgezogen, und schon kommt das nächste Gewitter, sagt er und schaut hoch, aber solange der Föhn sich hält, regnet es nicht. Er geht durch die Gräber, der hat schon vielen den Verstand geraubt, wie der Claire mit dem Haar blond und dünn wie das Gras im Herbst, die die Orgel spielte in der Kirche, das hübsche Mädchen, ich strampelte zusammen mit dem armen Paul die Balken, wir pumpten der Orgel das Leben in die Lunge, Halleluja war die hell, und wenn sie in der Schule keinen Sechser schoss, weinte sie ganze Eimer voll, aber der Föhn war ihr ein Tyrann, wenn der kam, verklopfte es ihr fast den Kopf, dann kam der Tinnitus und die Migräne und die Dämonen, bis es sie aus den Angeln riss und sie sich erhängte, noch bevor das Leben richtig begonnen hatte, das arme Ding, er bekreuzigt sich, mit siebzehn ging sie dahin. Ich hatte erst gerade mein erstes Moped gekauft, ein Occasion. Er geht durch die Reihen und liest die Namen auf den Grabsteinen. Sie geht ihm nach und bleibt beim frischen Grab stehen. Dass die keine Grabrede gehalten haben, sagt sie, das ist kurios. Wo kaum jemand in der Kirche war, wer die Grabrede hätte halten sollen, fragt man sich, und nicht mal ein Totenmahl, sagt er und schüttelt den Kopf, ohne das letzte Mahl kommen die Seelen nicht weit, aber es wird halt überall gespart. Wenigstens eine Grabrede mit auf den Weg, sagt sie, der Wind zieht ihr die Haare nach hinten. Manchmal ist es besser zu schweigen, sagt er und holt ein Stück Brot aus seinem Plastiksack. In Holland holt man die Poeten für die Grabreden, das hat der Niklas gesagt, der beim Sessellift arbeitete und den Sessellift immer eine halbe Stunde zu früh abstellte, damit er schneller in die Pinte kam vor lauter Durst, der wird das schon wissen, der ist ja von dort oben. Wenn die Verstorbenen keine Angehörigen mehr haben, halten die Poeten halt die Grabreden, kannst dir ja zusammenreimen, was die so sagen, ich habe meine Grabrede jedenfalls selber geschrieben, er holt ein Blatt Papier aus seinem Plastiksack und hält es in den Wind, nicht dass da irgendein Saich erzählt wird, und hinten drauf ist das Testament, er dreht das Blatt um. Es flattert im Wind. Sie setzt sich auf das Bänkli an der Kirchmauer und schaut über die Hänge und Berge hinweg. Ihre Handtasche hält sie auf den Knien. Die Asche vom Paul haben wir auf dem Piz Noir dem Wind übergeben, sagt er und schaut nach oben in die Wolken, und der Wind hat ihn davongetragen, zu seiner Mary hin, dem wäre es zu eng gewesen im Grab, Freigeister muss man frei lassen, die gehören nicht in eine Holzkiste. Lass uns gehen, sagt sie, wir können dann noch lange genug auf dem Friedhof herumgeistern. Neben ihr sitzt ein alter Mann mit einer dunklen Sonnenbrille mit runden Brillengläsern und isst Nüsse. Es sind schon viele gegangen, ruft er über die Gräber hinweg, und alle sind denn nicht mehr zurückgekehrt, ganze Generationen zogen dahin und kamen nie mehr. Auch der Jim ging, beeindruckt vom Jules-Philipp, der in Paris Steine zu Goldklumpen gemacht hatte, packte seine paar Habseligkeiten, bestieg in Amsterdam das letzte Schiff und haute nach Amerika ab, der Nock. Nach New York will ich auch, sagt sie und geht über den Friedhof und streicht dabei über die Grabsteine.

Sie hängt den Arm bei ihm ein. Sie gehen über den Kies zum Ausgang hin. Gut gründete er den Fussballklub, bevor er ging, sagt er, so vergisst man ihn wenigstens nicht. Er schaut nochmals zurück und bekreuzigt sich. Hinter der Friedhofmauer geht ein alter Mann mit einer Schaufel durch. Er trägt einen verstaubten Hut und singt Reime. Der Wind zieht über den Friedhof.

Auf der Mauer. – Ein kleines Apéro haben wir uns verdient, sagt er und holt eine Weinflasche aus seinem Plastiksack, dafür sollten wir den Römern danken. Wofür, sagt sie und setzt sich zu ihm auf die Mauer. Na dafür, sagt er und hält die Weinflasche hoch, das ist eine Magnum, ein Wein wie ein Revolver, er strahlt, diesen feinen Trank haben die Römer zu uns gebracht, der ist nicht nur gut, der bringt auch noch die Leute zum Reden. Jetzt weiss ich wieder, was ich in der vergangenen Nacht geträumt habe, sagt sie und hebt ihr Kleid an und setzt sich auf die Mauer, ich stand auf dem Balkon und der Adler sagte zu mir, schau mir nicht in die Augen, sonst bist du verloren. Das ist eine Römergegend hier, sagt er und holt einen Zapfenzieher aus seiner Tschopentasche, die sind hier durchgezogen mit Schwert, Ross und Wagen, hier durch die Ebene und dort hinten, zac, er zeigt mit der Hand, den Abgrund hinunter nach Chiavenna, ja ja, die Abdrücke der Räder siehst du heute noch im Felsen, genau die Achse, ein Meter null sieben breit. Ein komischer Traum, sagt sie und holt zwei Gläser aus ihrer Handtasche. Der alte Alfonso mit der Augenklappe war auch ein Römer, sagt er und schraubt den Zapfenzieher in die Flasche, der arbeitete in Rom auf der Rezeption vom Radio, und fuhr jeden Morgen an den Stadtrand und spielte auf einem Parkplatz im Auto eine halbe Stunde Querflöte. Der brauchte das, sagt er und klemmt die Flasche zwischen die Knie, das hat er mir selber erzählt, nachdem ihn seine bella Rosa mit dem Rossschwanz verlassen hatte für diesen dicken Mafioso mit dem schweren Colt, der aber ein heftiges Jazzpiano spielte, und er zu uns zog und mit der Rosanna aus Cuba zusammen war, die im Club arbeitete. Der fuhr einen Punto, sagt er und zieht den Zapfen aus der Flasche, und führte die Tankstelle. Was der Adler wohl damit meinte, sagt sie vor sich hin und schaut in den Himmel. Das war denn ein guter Tankstellenwart, nur dass er beim Einschenken rauchte, sagt er, macht ein Auge zu und schüttet Wein in die Gläser, so jagte es ihn auch mit einer wuchtigen Explosion in den Himmel hoch. Sie setzt sich ihre Sonnenbrille auf. Ich hatte zum Glück noch getankt, sagt er und stellt die Magnum auf die Mauer, sonst wäre ich nicht bis in die Stadt gekommen, und fuhr die Strasse runter und sah gerade noch im Rückspiegel, wie die Flammen in den Himmel hoch schossen. Sodali, sagt er und nimmt eines der Gläser, wenigstens hatte er einen richtigen Abgang, auf den letzten Ton kommt es an, wie man stirbt, ist entscheidend, nicht, wie man geboren wird, aber lass uns anstossen, er hält das Glas hoch, auf uns.

Vor dem Kiosk. – Sie blättert in den Heften auf der Ablage. Hinter der Glasscheibe vom Kiosk sitzt eine junge Frau und liest die Annabelle. Sie trägt eine Brille wie ein Schaufenster. Die ist hübsch, sagt er und nickt. Immer sagst du, dass andere Frauen hübsch seien, jetzt schaust du auch noch der Frau mit der Brille da nach, du bist nicht mehr zwanzig, sagt sie und dreht sich zu ihm. Was habe ich denn nun wieder falsch gemacht, sagt er und schaut auf, die hat doch gar keine Brille an. Ja was denn, sagt sie, natürlich hat sie eine Brille an, geh doch gleich zu ihr hin und sag ihr, dass sie hübsch sei. Sie streicht sich über ihren Ärmel und richtet die Blume im Haar. Warum denn, fragt er, er hat den Mund offen. Jetzt tust du wieder so, als wüsstest du von nichts, ha, sagt sie. Ha, fragt er, ich hab denk diese hier gemeint, sagt er und hält das Heiligenbild hoch, das ist die Heilige Theresa, die gefällt dir doch auch, oder nicht mehr? Er blättert die Heiligenbilder durch, die ist auch hübsch, sagt er und hält sie hoch, schau, das ist die Heilige Josianne, er blättert weiter. Sie wendet sich ab und nimmt ein anderes Heft von der Ablage und steckt das erste zurück, hm, weiss nicht, welches ich nehmen soll, sie nimmt ein drittes von der Ablage. Der Pfarrer ging jeweils am Donnerstag zum Kiosk, immer am Donnerstag, und die alte Mena musste ihm die Hefte auf die Seite legen, und wenn er kam, klemmte sie die Hefte in den Blick und schob sie ihm unauffällig hin, Dieus paghi, vergelt's Gott, sagte er und machte ein Kreuz mit der Hand in der Luft. Ja, auch dem

Hochwürden hat der liebe Gott genug lange Arme gegeben, ja ja, er nickt und legt die Heiligenbilder sorgsam aufeinander, nimmt das Gummiband vom Handgelenk und bindet es zwei Mal um die Karten. Sie klemmt die Hefte unter ihren Arm und nimmt die Geldscheine aus ihrem Dekolleté. Ein schwarzer Rolls Royce fährt am Kiosk vorbei, sie schauen beide dem Wagen nach. Nobel und teuer, sagt er und nickt, bringen die schnellen Frauen mit den schönen Hunden in die Kur. Der Gustavo aus Portugal starb seinen traurigen Tod in so einem. Der arbeitete als Portier der Nacht im Grand Palace zu Gstaad, um sein Studentenleben zu verdienen, und anstatt den schwarzen Royce direkt in der Garage zu parken, machte er eine Schlaufe über Montreux und brannte in der Nacht am See aus. Am nächsten Morgen hing der Rauch über dem See. Er schaut zum Himmel, für einen Augenblick dachte ich, es tut auf. Lass uns eine Postkarte schreiben, sagt sie und nimmt eine von der Ablage. Wem willst du denn eine Postkarte schreiben, fragt er, und wer sagt, dass sie auch ankommt, da sparen wir uns lieber die Dukaten. Ich hätte jetzt Lust auf einen Cake Flambé à la Crème Noire, das wär die feinere Idee. Sie fasst ihm in die Haare am Hinterkopf und küsst ihn auf die Stirn, wie recht du hast, Schatz, sagt sie. Und wie schnell diese Postkarten verloren gehen, das wissen wir, wir haben schliesslich auf der Post gearbeitet. Die schlüpfen einem andauernd aus der Hand und unter die Tische, das geht flugs und weg sind sie.

Vor der Post. – Sie küsst die Postkarte und wirft sie in den gelben Briefkasten. Bist du jetzt zufrieden, sagt er und presst die Lippen aufeinander, aber die Postkarte wird noch hier drin liegen, wenn wir längstens im Jenseits sind, nur damit man weiss, er klappt den Deckel vom Schlitz vom Briefkasten auf und schaut rein, die Post ist seit Jahrzehnten zu, da kommt niemand mehr, das ist nur eine Attrappe, das ist wie die Einheimischen dort, diese wilden Männer in der Ecke mit den Stumpen in den Mündern, die sind nur hingestellt für die Japaner, das ist rentabler als Heuen, so schlau sind die Bauern schon. Unsinn, sagt sie und sucht den Lippenstift in ihrer Handtasche, heute Abend ist der Maskenball. Sind wir nicht schon die ganze Zeit verkleidet, sagt er und schaut sie an, aber Pöstler war ich gerne, vor allem wegen der Kappe, ich stand am Schalter und du trugst die Post aus, bis man uns zwei Wochen vor Ostern kündigte und wir halt ins Unterland zogen. Janu, sagt er und kramt in seinem Plastiksack, da hatten wir noch nicht die gute Ente, aber dafür ein Moped, mit dem sind wir viel ausgefahren, ich vorne am Geweih und du hinten auf dem Gepäckträger, bis nach Norditalien sind wir gefahren, und denn ohne Helm, in Italien tragen nur die Killer einen Helm. Und den Postbus fuhren der Urbi und der Orbi, die Zwillinge aus dem Lugnez, aber frag mich nicht, welcher welcher war, die sahen ja gleich aus. Ihre Lippen sind knietschrot. Die beiden Matrosen hatten sowieso nur Flausen im Kopf, die haben mal so lange auf eine alte Frau eingeredet, bis sie ganz durcheinander war und eine Station zu früh von Bord ist. Die werden noch im Himmel Türklinken klauen. Sie holt einen Taschenspiegel aus der Tasche und schaut sich ihre Lippen an. Er schaut in die Wolken, nach einem Begräbnis sollte man nicht auf den Strassen herumstehen, das hat noch niemandem viel Segen gebracht. Ein Pfarrer auf einem Moped fährt an ihnen vorbei. Die Kutte flattert im Fahrtwind. Er schaut ihm nach, der haut ab, der weiss schon warum. Noch sitzt der Berg hinter dem Dorf geduldig wie eine Grossmutter, aber ich will nicht wissen für wie lange noch. Es donnert, er holt einen Schirm aus seinem Plastiksack. Der Benedict meinte auch, er könne auf den lieben Gott zählen, und wollte nur noch schnell den Hang um seine Hütte mähen, diesen Bretterhaufen, der wie ein schönes Geschenk mitten in der Wiese stand, da kam der Berg. Mhm, er schaut sie an. Wir entkommen dem Leben nicht, sagt er, aber sterben lohnt sich auch nicht, das ist teuer.

Vor dem Fernseher. – Er sitzt im Sessel vor dem Fernseher, sie liegt in der Badewanne. Schau dir an, wie sie streiten, sagt er und blickt auf den Fernseher, die Menschen streiten wie Hühner, weil sie Menschen sind. Hm, er schüttelt den Kopf, ob jetzt in Hongkong oder Honolulu, da sind wir alle gleich, sobald es ums Fressen geht, gibt's Streit. Die Frau in der Eingangshalle, das war ein Filmstar, ruft sie aus der Badewanne, die habe ich im Fernsehen gesehen. Welche, fragt er und zappt durch die Fernsehkanäle. Die mit dem durchsichtigen Kleid, die in der Limousine vorfuhr, die mit den schönen Augen, sagt sie und fährt sich über die Beine, oh war die schön, die trug den Frühling im Blick. Und den Herbst auf dem Rücken, sagt er, hast du diesen Rücken gesehen? Ein Sgraffiti von oben bis unten, alles tätowiert, wie die Bäume im Winter bei Nebel, ein ganzer ostdeutscher Wald war da drauf. Jetzt haben wir sogar einen Filmstar gesehen, sagt sie und summt eine Melodie. Da kann man schon verstehen, dass diese Fotografen da mit den Objektiven dick wie Beine sie lieber von hinten fotografieren. Sie lässt warmes Wasser nachlaufen. Aber den, der den Fernseher erfunden hat, den sollte man selig sprechen, das war ein Visionär, sagt er und richtet seine Brille, der arme Paul schaute auch gerne, dann war er ganz ruhig, in der Hand hat er einen Teller mit einem Stück Kuchen. Ich liebe Fernsehen, das sind die grossen Stunden im Leben. Er hört sie in der Badewanne singen. Das Fenster ist offen, es windet den Vorhang ins Zimmer rein. Das vergesse ich nie mehr, wie wir beim Peng in Ilanz unseren ersten Fernseher gekauft haben, sagt er, ich habe meinen Anzug mit der roten Fliege angezogen dafür, und du hattest dein trauriges Kleid aus Lissabon an, drei Kanäle hatten wir, und immer, wenn man fernsehen wollte, konnte man sich vor dem Fernseher hinsetzen und schauen, ganz praktisch. Nicht wie davor, wo das ganze Dorf zur Tante Milia in die Stube musste, die war voll wie die Metro in Milano zu den Stosszeiten. Er isst vom Kuchen, ist der gut, du meine Güte. Ja, Milano, sagt sie, jetzt, da die Karten neu gemischt werden, bleiben uns die Ausreden aus. In die Scala nach Milano will ich, davon träume ich, seit ich ein Mädchen bin. Die Scala, das ist grosses Kino, sie taucht die Haare nach hinten in die Badewanne und schaut an die Decke, meine Mutter war da, sie trug ihr schwarzes Kleid mit den Blumen aus Kairo und erzählte mir davon, wenn wir Brot backten. Sie macht die Augen zu, vielleicht war sie auch nicht da, sagt sie, wen kümmert das schon, aber wenn sie davon erzählte, leuchteten ihr die Augen wie Edelsteine. Bevor die Tante Milia den Fernseher hatte, gab es nur das Theater im Saal über der Beiz, sagt er, die machten das tiptop, das hatte der Franzos, der Francestg, gegründet, als er aus Parigi zurückgekehrt war. Als Eintritt musste man einen Stuhl mitnehmen. Ich gehe zwar lieber in den Zirkus. Er isst den Kuchen fertig, nur der Pfarrer mit dem Tennisarm meinte, das sei so schädlich wie Masturbieren, er legt den Teller auf den Wagen mit dem Goldrand und zappt durch die Kanäle, wo er doch selber onanierte und dem lieben Gott erzählte, das helfe gegen Kopfweh. Willst mir aber nicht weiss machen, dass die immer mit den Händen auf der Decke schlafen, es passiert noch schnell, dass man dran kommt. Sie summt ein Lied, das Wasser plätschert. Er beugt sich nach vorne und macht den Fernseher lauter. Im Calender Romontsch schrieb er seitenlange Artikel darüber, wie schädlich der Kinematograf sei. Dass dem die Hand nicht weh tat, das verstehe ich nicht. Na ja, Gott wird nicht müde. Er steht auf und geht zur Minibar, hält inne und lauscht und macht sie auf. Was machst du, Schatz, fragt sie aus dem Badezimmer. Ich, fragt er, nichts, warum? Weil du plötzlich nichts mehr sagst, sagt sie. Na und, sagt er, der Eduard hat bis achtzehn nichts gesagt, er bückt sich und blickt in den Kühlschrank, der Bengel wollte einfach nicht reden, da sind viele Ärzte zur Türe rein und raus gegangen, und keiner, der sagen konnte, warum der Bengel nichts sagte. Erst mit achtzehn hat er den Vater am Tisch gefragt, ob er ihm das Salz reichen könne. Er nimmt eine Schokolade aus dem Kühlschrank und steckt sie in die Tschopentasche. Und auf die Frage, warum er denn bis jetzt nie was gesagt habe, sagte er, bis jetzt war alles gut. Er macht den Kühlschrank vorsichtig zu und setzt sich wieder auf den Sessel vor dem Fernseher. Willst du denn bis Ostern in der Badewanne bleiben, fragt er und reisst die Schokolade auf. Sie summt wieder ein Lied. Uns brachte der Osterhase noch Bananen.

Unter dem Sternenhimmel. – Eine Sternschnuppe, sagt sie und zeigt mit dem Finger, make a wish. Pardon, sagt er und schaut sie an. Das sagen sie im Film, sagt sie, wünsch dir was. Die Sterne fallen vom Himmel, sagt er, aber wie du wünschst, wir fahren morgen nach Hause, aber erst nach dem Frühstück. Nein, sagt sie und kneift ihn in den Hintern, einen richtigen Wunsch. Das ist ein richtiger, sagt er, das ist sogar mein grösster, die letzte Nacht sparen wir uns, wir wissen ja jetzt, wie es hier aussieht. Wenn wir schon bis hierhin gekommen sind, gehen wir auch bis ans Ende, sagt sie. Um die Hausecke hören sie eine Frau lachen. Er schaut der Frau und dem Mann mit der Kappe nach. Wo diese zwei gewesen sind, wollen wir nicht wissen, und wo sie hingehen schon gar nicht. Sie lächelt und winkt ihr zu. Die junge Frau lächelt zurück. Beginnt die Liebe im Herbst, endet sie im Tod, sagt er und bekreuzigt sich. Auch der arme Paul traf seine Mary im Herbst, er sass im Baum und sie ging unten durch und schaute hoch, so begann die ganze Tragödie. Er blickt in die Sterne. Ein schönes Lachen hat sie, sagt sie und hält ihr Tuch am Hals zusammen. Sie wissen nicht, was sie tun, sagt er und holt sein kleines Radio aus dem Plastiksack. Er dreht es an und hält es ans Ohr. Die Antenne ist abgebrochen. Was hörst du da, fragt sie. Eine Gesprächssendung auf Französisch, sagt er. Kannst du denn plötzlich Französisch, sagt sie. Nein, sagt er, aber das beruhigt mich. Sie winkelt ihr rechtes Bein an und streicht sich über ihr Glitzerkleid, heute bin ich Brigitte Bardot, sie schaut hoch, wie Diamanten leuchten die Sterne. All die Toten dort oben, sagt er und schaut in den Sternenhimmel. Der arme Paul liebte die Nacht. In der Nacht vergeht die Zeit langsamer. Aber lass uns reingehen, es wird kühl, sonst enden wir wie der Herr Gaspoz, den wir auf dem Oberalppass gefunden haben. Sie schaut ihn an, mais oui, sagt er, als wir im Winter mit dem ersten Zug oben auf dem Pass angekommen sind und der da sass wie kaltgestellt. Der war eingefroren, sagt sie.

Ich weiss, sagt er, der war eingefroren und sass da im Schnee wie ein Philosoph, das Kinn auf die Hand gestützt und das Eis hatte ihn eingekleidet. Lass uns reingehen. Als wir jung waren, sind wir oft im Garten gelegen und haben uns die Sterne angeschaut, sagt sie. Wir sind nicht mehr jung, sagt er, sei froh, von dort unten in der Talsohle bis hier oben auf dem Berg sieht's nach einem ziemlich weiten Weg aus, vierzig Jahre zu Fuss, und Abkürzungen gibt's nicht. Also nochmals will ich den Stutz nicht hochstrampeln, er nimmt seine Dächlikappe runter und streicht mit dem Ärmel über die Stirn, stehst hier oben und schaust runter, liest sich das wie eine Krankenakte, zuerst tut dir das weh, dann der Rücken, später die Füsse und die Hüfte, dann pumpt das Herz nicht mehr richtig und der Kopf steht schief, es quietschen die Knie, die Schulter renkt aus und ein erstes Gelenk wird ausgetauscht, dazu gibt's ein paar Schrauben und Blomben, und ein paar weitere Details werden unterwegs ersetzt, und je weiter man sich raufschleppt wie ein alter Gendarme, umso grauer wird's auf deinem Kopf, dass dein Kopf irgendwann aussieht wie ein Gebüsch Jahre nach einem Brand, und du bist taub vom Schmerz, weil plötzlich alles weh tut und man dich zusammenschraubt, so gut es geht, er setzt sich seine Kappe auf, ach, Mensch sein ermüdet.

Kurz vor Mitternacht in der Bar. – Bitte noch einen Cognac bitteschön, sagt er zum Kellner mit dem Moustache und hebt sein Glas, er trägt einen

Zylinder. Alles fliesst, er hickst, aber wenn wir keine Wahl haben, bleibt uns das Herz. Er nimmt ihr das Glas aus der Hand und trinkt auch ihren Drink aus, und für meine Liebste hier gleich noch einen aufs Haus per favore, sagt er, so vergeht der Ruhm der Welt. Er hebt ihr Glas zur Uhr hinter der Bar, sie zeigt kurz vor Mitternacht, auf dass wir klug werden. Neben ihm an der Bar steht eine junge Frau, ihr rechter Arm ist tätowiert. Den Trank fürs Vergessen, sagt er, die Tante Leta mochte diesen auch, und um Mitternacht stossen die Entfernten dazu. Was redest du da für ein Zeugs, sagt sie, trink nicht so schnell. Er nickt dem Kellner zu. Schau den da drüben, der Messerwerfer mit der gelben Hose, der in der Ecke sitzt, sagt er und richtet seinen Zylinder, der ist sicher aus Marseille, das sind ernste Menschen, dort war der Teufel. Ich hatte einen Lehrling aus Marseille, Jean-Baptiste hiess der, er hickst, als ich noch Staubsaugervertreter war und wir die Kolosse von Haustüre zu Haustüre schleppten und in den Stuben der trauten Damen auf den teuren Teppichen Spektakel machten, dem konntest du die lustigsten Sachen im Leben erzählen, der lachte nie. Die lachen erst, wenn sie wieder zu Hause sind, er hickst. Noch einen Cognac bittesehr, sagt er und hebt sein Glas zum Kellner, auch der arme Paul trank Cognac. Der Kellner stellt ihm einen neuen Cognac hin. Er schielt. Auf die Traurigen, sagt er und hebt das Glas, die Traurigen sind die Klugen. Sie steht vor der Bar und bewegt sich zur Musik. An der Wand hängt eine

Tafel mit der Aufschrift «Hüpftanz verboten». Dann scheitert man das ganze Leben lang, und am Ende stirbt man auch noch, sagt er und holt ein Rubbellos hervor, gut bleibt uns das Spiel. Er holt eine Münze aus der Hosentasche und rubbelt die Felder auf, gewinnen können wir nur im Spiel, nicht im Leben, er rubbelt und fährt mit der Zunge über die Oberlippe, aber wenn man heute kein Glück hat, wann dann. Der Kellner stellt ihm einen Cognac hin. Er hebt den Zylinder und lässt das Rubbellos auf der Bar liegen und steckt die Münze wieder weg. In der Ecke stehen die schöne Frau und der Mann mit der Kappe und küssen sich. Er atmet tief durch und hebt das Glas, auf uns, sagt er und schaut zur Decke. Sie trägt die rosarote Federboa und windet mit ihrem Fächer, es schlägt Mitternacht, die Band ad hoc spielt auf, sie trinkt ihren Cocktail und schaut zum Bassisten. Wie der schuftet, sagt er, wie der Heizer auf der Lokomotive. Er trinkt seinen Cognac aus und legt seinen Zylinder auf die Bar, komm Baby, sagt er, jetzt tanzen wir. Er nimmt ihre Hand, sie drehen sich im Kreis, heute Nacht tanzen die Toten mit, sagt er, wir tanzen uns den Tod aus den Knochen, die ganze Nacht lang Ragtime, und wenn es die letzte ist, bis der Jahrhundertonkel dort seine Orgel ausgespielt hat und sein Flügel in Flammen steht, oh Darling, sagt sie, sie drehen sich im Kreis unter dem riesigen Kronleuchter, er hält sie am Rücken, sie hebt das Knie hoch und biegt sich nach hinten, er nimmt sie hoch und tanzt um sie herum, sie streckt die Arme hoch, er fährt ihr mit der Hand über die Seite und packt sie an der Taille, sie nimmt seine Hände, dreht sich zu ihm und sie drehen sich weiter im Kreis und verschwinden in der tanzenden Menge.

Beim Wegweiser vor dem Hotel. – Am Ende fügt sich alles, sagt er und lehnt gegen den Pfosten vom Wegweiser, das ist meine letzte Reise, bevor wir zum grossen Schlaf ansetzen, er hält sich die Stirn, und im nächsten Leben schauen wir dann, er nimmt die Dächlikappe vom Kopf und streicht sich durch die Haare. Jetzt geht's erst richtig los, sagt sie, jetzt sind wir pensioniert, das ist der Anfang. Ich habe mir eine Liste gemacht mit den Sachen, die ich machen will. Ja ja, sagt er, das Ende vom Anfang, die Versprechen der Nacht sind die Messer am Morgen, dann gehen wir halt wandern, er setzt seine Dächlikappe wieder auf, ich sollte mal wieder zur Olga. Er dreht sich um und überkreuzt die Arme, aber was warten wir? Sie steht vor der Tafel mit dem Fahrplan und fährt mit dem Finger darüber, hm, wie spät ist es denn? Viertel ab, sagt er und steckt seine Taschenuhr wieder in die Tschopentasche. Hm, der Bus ist grad abgefahren, der nächste fährt einundvierzig. Er hebt die Hände, ich kapituliere. Das ganze Leben lang sind wir bereits am Warten, auf den Bus wartest du, auf das Essen, vor der Post, beim Bäcker, im Stau wartest du, und dann wartest du, dass du endlich nach Hause kannst, und sogar nach der Pension ist man nur am Warten, ein Leben lang gewartet, wie an der Tour de Suisse, aber Godot kommt nicht, der ist gestürzt, er schnäuzt sich, und jetzt warten wir sogar hier, als müssten wir gleich zum Pfarrer rein für die letzte Beichte, er schüttelt den Kopf und holt einen Barometer aus seinem Plastiksack. Er klopft mit dem Finger gegen das

Glas vom Barometer, sieh dir das an, sagt er und hält die Hand vor den Mund, das sind dunkle Prognosen, der Zeiger dreht durch, madre mia, wenn man wüsste, was das bedeutet. Auf dem Kontainer an der Strasse steht eine Krähe. Du hast es mir versprochen, sagt sie, jetzt reg dich doch nicht auf, Amore, Wandern wird dir gefallen, wirst schon sehen. Ich rege mich ja gar nicht auf, niemand regt sich hier auf, er dreht ihr den Rücken zu und kreuzt seine Arme, ja ja, ich weiss, sagt er, ich habe es dir versprochen, dann gehen wir halt wandern, sonst komme ich ins Fegefeuer, wär ja schade, nicht? Klavier spielen lernen will ich auch, sagt sie, ein schwarzes Klavier will ich. Da sind wir mit dem Auto durchs Leben gefahren, nicht ein einziges Mal sind wir wandern gegangen, nicht mal, als du den Laden führtest, da machten wir die Geschäftsausflüge ein Mal im Jahr immer im Auto, am Morgen packten wir alle in die Rakete, Grossmütter und Tanten und Kinder und Kegel und was alles noch so Platz hatte, und fuhren drei Pässe, vom Oberalp über den Gotthard, in Biasca im Coop gab es ein feines Zmittag, und hopp die ganze Bande wieder ins Auto, links abgebogen rauf über den Lukmanier, und am Abend waren wir alle wieder da, er steckt den Barometer in den Plastiksack. Warum man jetzt, wo wir plötzlich alt und auf der Zielgeraden sind, aussteigen und zu Fuss gehen sollte, das versteht man nicht, er hebt die Hände und schüttelt den Kopf, aber nai, die letzte Reise machen wir zu Fuss, und dann auch noch an einem Freitag, wenn die Gräber offen sind und man besser still hält, anstatt die Geister herauszufordern, gegen die hat man noch immer verloren. Er lehnt gegen den Pfosten vom Wegweiser, also logisch ist das nicht, und die biologische Uhr lässt sich damit denn nicht zurückdrehen, gell, die tickt einfach weiter, er holt seine Taschenuhr aus dem Tschopen und zieht sie auf, hält sie ans Ohr und lauscht. Sie isst einen Apfel. Der Wecker in seinem Plastiksack klingelt, er schaut sie an und holt den Wecker aus dem Plastiksack und hält ihn zu ihr hoch, und hör dir das an, wir hätten erst jetzt aufstehen sollen, viel zu früh sind wir aufgestanden, so jung war der Tag noch nie. Er schaltet den Wecker aus. Bist du endlich fertig, fragt sie und dreht sich zu ihm, das ist nicht gut für deine Gesundheit. Du hast sicher wieder die Tabletten die Toilette runtergespült. Wer, fragt er, ich? Von weitem schlägt der Kirchturm. Die Krähe auf dem Kontainer fliegt auf.

Im Bus. – Sie sitzt am Fenster, schau mal diesen Baum da, sagt sie und zeigt mit dem Finger. Der ist tot, sagt er, der Blitz. Er trägt seine dunkelblauen Turnschuhe mit Klettverschluss und steht zwischen den Sitzen. Der Bus fährt los. Das letzte Lied, wie mir das gefallen hat gestern Nacht, sagt sie und schaut zum Fenster raus. Die besten Feste feiert man, wenn der Tod anwesend ist, sagt er und hält sich an den Sitzen fest. Ich hätte ewig weitertanzen können, sagt sie, bis in den Morgen hinein, ich sah das Meer, aber auch die Musiker müssen schlafen. Wenn wir tanzen, sind wir jung. Sie lächelt und lehnt den Kopf nach hinten. Beim Tanzen kommt es aufs Drehvermögen an, sagt er, die Menschen aus den Bergen erkennst du beim Tanzen, die tanzen asymmetrisch wegen dem Talbein, sagt er und fährt mit dem Handrücken über die Stirn, das ist immer ein bisschen länger und kräftiger. Das macht halt sofort etwas aus, sagt sie. Er richtet seine Dächlikappe, ich habe mein Taschentuch oben bei der Haltestelle vergessen, ohne dieses bin ich nackt. Er presst die Lippen aufeinander, aber wie ich in der letzten Nacht aufs Zimmer gekommen bin, weiss nur der Allmächtige. Und ich, sagt sie, und dann haben wir miteinander geschlafen, ein Gewitter wie in der Hochzeitsnacht war das, sie schmunzelt. Miteinander geschlafen, fragt er und schaut sie an, das glaube ich nicht, aufgewacht bin ich jedenfalls mit Kleidern, er schaut wieder nach vorne, bist du sicher? Sie nickt, mhm. Ich habe geträumt, ich sei ein Ringer, sagt er, ich trug einen dieser engen Ringeranzüge, einen blauen, und habe vier hintereinander auf den Rücken gelegt, als der fünfte vor mir stand, bin ich aufgewacht, aber auch den hätte ich niedergerungen. Der Bus bremst, er hält sich am Vordersitz fest. Madonna, wie der fährt, sagt er und hält sich fest, so pressant hat man es dann auch wieder nicht. Er richtet sich auf, da waren ein paar schön beieinander, und wie die aufgemacht waren, die Madams da, die waren ausgeschmückt wie Blumensträusse, Dekolletés wie in Paris, Federn auf dem Kopf und am Füdli, ziemlich spektakuläre Sache, so viel Glamour, und die

Unterwäsche teuer wie drei Schreinerlöhne. Die mit dem langen rosaroten Kleid ist eine Prominente, sagt sie, die ist oft in der Gala. Welche, fragt er. Na, die mit den roten Lippen, sagt sie, die ist sofort aufgefallen, du hast sie nach unserer Trinkpause gebeten, dein Bier zu halten, und hast es ihr in die Hand gedrückt. Ah die, sagt er, ja ja, ein Lächeln wie eine Schachtel Erdbeeren hatte die, die Frau von diesem Fussballer war das, der hat jahrelang viele Tore geschossen, ein bisschen auf beiden Seiten, er nickt, rannte wie ein Ziegelstein über den Platz, war aber schnell wie ein Pferd. Und all die Monsieurs im Smoking, sagt sie. Die lächeln und nicken noch dann, wenn du ihnen auf die Füsse stehst, sagt er. Der Bus fährt eine Kurve, Kopf, er hält sich fest, der tut uns Unrecht. Gefallen dir meine Wanderschuhe, fragt sie und zeigt sie. Du hast heute Abend sicher Blasen an den Füssen, sagt er, wir hätten uns das schöne Geld auch gerne sparen können, danach liegen sie wieder im Estrich. Aber die sind nass, sagt er und zeigt auf die Schuhe. Das muss man machen, sagt sie, am Abend bevor man wandert, muss man mit den Schuhen in die Badewanne. Und am nächsten Tag die Socken auf den Fersen mit Shampoo einreiben, bis es schäumt, dann hast du keine Blasen, aber willst du dich nicht hinsetzen, fragt sie. Nein, ich stehe, sagt er. Ist dir schlecht, fragt sie. Er antwortet nicht. Sie streckt ihm einen Sugus hin. Sing, sagt sie, das hilft. Ich kann doch nicht singen hier drin, sagt er, was würden die Leute denken. Er atmet tief ein und fährt mit der

Hand über sein Hemd, hockst hier drin wie in einer Konservenbüchse. Der Schweiss läuft ihm über die Stirn, aber spätestens, wenn ihm das Benzin ausgeht, kommen wir an. Du musst ja nicht gleich brüllen, sagt sie, und immer den gleichen Punkt fixieren, und nicht wegschauen. Er macht ein Auge zu, als würde er zielen, und summt ein Kirchenlied. Der Bus fährt eine Kurve. Die Reifen quietschen.

Bei der Talstation. – Er steht vor dem Kaugummiautomat und wirft Münzen ein. Komm jetzt, Schatz, die Gondel fährt gleich los, sie zieht ihn am Oberarm. Ich habe noch zu tun, sagt er, paso a paso, und sonst fährt sie halt ohne uns ab, und wir gehen wieder zurück und spielen Pétanque. Sie steht hinter ihm und kreuzt die Arme, du hast es mir versprochen, sagt sie. Aber davon hast du mir nichts erzählt, sagt er und macht eine Bewegung mit dem Kinn zur Seilbahn, beim ersten Wind hängt es diese Büchsen aus den Seilen und stürzt sie ins Tal, und dort unten liegen sie dann zusammengestaucht wie Kühlschränke, also da bin ich denn noch nicht eingestiegen. Ist doch nicht so schlimm, sagt sie, komm jetzt. Das meinte der Konrad auch, als er seiner Gertrud die Gondel reservierte und ihr den Antrag machen wollte und sie dort oben hingen im Dunkeln und runterschauten auf die Lichter dieser Welt, die wie Sterne verstreut lagen, und Gott, der eifersüchtige Liebhaber, die Gondel abhängte noch vor dem abschliessenden Ja. Die grossen Romanzen enden immer im Tod, sagt sie. Der Mann mit der Kappe und die Frau gehen an ihnen vorbei und durch die Schiebetür, er zieht die Kappe über die Ohren, sie nimmt ihn an der Hand und zieht ihn in die Gondel. Nicht mal nebeneinander begraben hat man sie, sagt er und schaut sie an und hebt die Schultern, ja wer hätte denn beweisen wollen, dass sie verlobt waren? Sie holt einen Fischerhut aus dem Rucksack und setzt ihn auf. Du hast doch auch so eine Kappe zu Hause wie der, sagt sie, oder hast du sie etwa nicht mehr? Ja, aber nur zum Schneeräumen, das ist noch die vom armen Paul, damit man mich auch sieht, sagt er und reisst das Päckchen Kaugummi auf und steckt sich einen in den Mund, etwas muss ich ja beim Schneeräumen anziehen, kannst ja schlecht nackt in den Schnee stehen, dann zieht man dir die Zwangsjacke an und steckt dich ins Sanatorium für den Rest der Tage, wie die Margrit mit den Eselsohren, die ist da nie mehr raus. Er nimmt eine weitere Münze aus der Hosentasche und wirft sie in den Kaugummiautomat, er zittert leicht. Du musst dich nicht fürchten, sagt sie und streicht ihm über den Nacken, aber komm jetzt. Schatz, sagt er und dreht sich zu ihr, lass uns nach Hause, solange es noch ein Zurück gibt, wer weiss, was zu Hause los ist, sicher ist eingebrochen worden, wie dann, als wir zum Znacht bei der Betty waren und man uns den Schopf ausgeräumt und die Mähmaschine geraubt hat, die Betty hatte uns eine Falle gestellt, oder das WC rinnt und hat uns das ganze Haus überschwemmt, wie dann, als wir in Florenz waren auf der Hochzeitsreise und die Stadt drei Mal umlaufen haben, das will niemand wissen, wie viele Kilometer wir in diesen paar Tagen zurückgelegt haben, und all die Nackten dort unten, und nachher warst du futsch, als wärst du auf dem Kilimandarscho gewesen, Kilimandscharo, sagt sie, ja, auf diesem auch, und zurück im Leben regnete es von der Decke, als wir in der Stube standen, der obere Stock stand unter Wasser, weil das WC verstopft war und nicht abzog, dann ist unsere Pensionskasse dahin, aber vermutlich ist das Haus inzwischen sowieso abgebrannt wie das der Schibligs, ja ja, und furt ist es, alles furtibus, furt und fertig und längst vergessen, dass es uns gab, ach, man vergisst, dass man vergessen wird, lass uns vernünftig sein, Schätzeli. Die Leute drängen an ihnen vorbei zur Seilbahn. Hinter der Glasscheibe vom Billetschalter sitzt ein Mann mit einem Goldzahn und streichelt einen Kater. Nein, jetzt steigen wir da ein, sagt sie und zieht ihn am Oberarm am Billetschalter vorbei durch die Schiebetür bis vor die Gondel, ist doch halb so schlimm. Der Teufel setzt zum Handkuss an, sagt er und bekreuzigt sich, küsst die Hand und hebt Hand und Blick zur Decke.

In der Gondel. – Er steht in der Mitte und hält sich an der Stange fest. Die Gondel ist voll. Mach die Augen zu und denk was Schönes, dann geht es schon, sagt sie. Er atmet tief durch, wir stürzen sicher noch ab, madre mia, der Schweiss läuft ihm über die Stirn. Das dauert nicht lange, und ruckzuck sind wir oben, sagt sie und drängt sich durch die Leute zum Fenster. Du musst mal rausschauen, ruft sie ihm zu, wie schön das ist, ui, und wie hoch, das geht aber weit runter. Sie richtet ihren Fischerhut und setzt sich ihre Sonnenbrille auf. Schau, sagt sie, ja ja, sagt er, ich kann jetzt nicht reden, er hält die Hand vor die Augen, und dann bricht der Boden durch, der ist aus Karton, bei all den Leuten und dem Gewicht, kracks macht's, und wir fallen in die Ewigkeit, und unten angekommen ist man nur noch tot. Neben ihm in der Gondel ist ein Hund, er bückt sich zu ihm runter. Gell, am schönsten ist es doch zu Hause, sagt er zum Hund und streichelt ihm über den Kopf, im nächsten Leben bin ich auch ein Hund. Er nimmt ein Stück Wurst aus seinem Plastiksack und gibt es ihm. Sie stellt sich neben ihm hin und streichelt ihn am Hinterkopf. Er nimmt seine Dächlikappe ab und steckt das Gesicht in die Kappe, sind wir bald oben? Sie fährt ihm durch die Haare, hm, die Hälfte haben wir bald, aber noch nicht ganz, vielleicht ein Drittel, oder erst ein Viertel, jetzt sind wir am höchsten Punkt angelangt, sagt sie. Sag das nicht, sagt er, das will man nicht wissen. Der Hund winselt. Wir brauchen uns nicht zu schonen, sagt sie. Er atmet tief durch, oh Pater Paternoster, und streichelt den Hund, wenn nur der Aufzug zum Himmel hoch nicht so langsam ist, aber Gott hat es nicht pressant, wo wir doch einen so schönen Garten haben mit Feigenbäumen, flüstert er und holt eine Tafel Schokolade aus der Tschopentasche und reisst das Papier auf. In Wien hat es noch einen Paternoster, sagt sie, da will ich hin, sie fährt ihm durch die Haare am Hinterkopf. Einen was, sagt er und isst von der Schokolade. Einen Paternoster, sagt sie, diese Aufzüge ohne Türen, die hoch und runter fahren, und du steigst ein und aus, wie du willst. Und wenn du hustest, fällst du raus auf den Bauch, sagt er mit vollem Mund, dann liegst du da auf dem Teppich. Gut habe ich die langen Unterhosen angezogen, und schade haben wir den Henri nicht mehr. Wenn er gestorben ist, sagt sie, der arme Henri. Ja, der Henri passte gut in unseren Garten, sagt er, wenn nicht all die Spaziergänge gewesen wären, das verstehe ich bis heute nicht, dass man sich als Mensch einen Hund vorne her bindet und im Kreis geht, er hebt die Augenbrauen, das verstehe ich genauso wenig wie das, dass Hunde immer südländische Namen haben. Ach Amore, ich weiss, sagt sie, alles verstehen wir denk nicht, mach dir keinen Kopf, denk einfach etwas Schönes, das senkt deinen Puls. Ja, was soll ich denn denken, sagt er, da fürchtest du um dein Leben und müsstest auch noch was Schönes denken, ja was denn? Er steckt sich das letzte Stück Schokolade in den Mund, seine Hand zittert, gescheiter beten, damit man im Reinen ist und auch reingelassen wird dort oben auf der Türschwelle. Sie holt ihre Kamera hervor, kuckuck, und fotografiert ihn mit dem Hund. Er dreht den Kopf zu ihr. Die Gondel hält an und schwankt hin und her. Er hält die Luft an.

Bei der Bergstation. – War doch gar nicht so schlimm, sagt sie. Das ist ein Trugschluss, sagt er, das letzte Aufbäumen vor dem Ende, aber gut war der Hund da. Meine Grossmutter stand auch plötzlich in der Stube, wo sie doch seit Wochen todkrank im Bett lag wie im Sarg, und da stand sie frisch und fröhlich in der Stube und sagte, Salut miteinander, ich gehe zum Bäcker und hole Croissants, und ging zum Haus raus und schlug die Türe kräftig zu, und wir bekamen unsere Münder nicht mehr auf. Gefunden haben wir sie am Abend, als die Sonne unterging, auf dem Hügel oberhalb vom Dorf. Sie sass auf dem roten Bänkli unter den drei Birken und war tot. Neben ihr lag das Säckli mit den Croissants. Er nimmt drei Nüsse aus dem Plastiksack und aus dem Hosensack einen Löffel. Was wünscht man sich noch, sagt sie und steht auf einen Betonschacht vor der Bergkulisse. Tage klar wie Glas, sagt sie und hält die Hand über die Stirn. Ich wüsste da schon noch ein paar Wünsche, flüstert er und drückt den Löffel der Nuss in die Seite, genau in den feinen Spalt, und dreht den Löffel, die Nuss geht auf, ha, sagt er, diesen Trick hat mir der arme Paul beigebracht, als wir noch Kinder waren, das müsste man sich patentieren lassen, dann wären wir Millionäre, so wie der Australier da mit dem Hut, der diesen blauen Kaugummi erfunden hat, um Blätter an die Wand zu heften, bevor er im Dschungel verloren ging, Blutap, er isst die Nuss und macht die nächste auf. Ja ja, der Paul war bereits als Kind ein blitzheller Kopf, aber an die denkt man natürlich wieder mal nicht, die

Behörde sagte, da brauche es etwas Spezialerziehung, und haben ihn hinten neben dem Fenster hingesetzt und meinten, die Kabel oben in der Schaltzentrale seien falsch verlegt, und der Arme ist fast vor Langeweile gestorben, ja ja, die Hellen haben es schwer, der war uns einfach ein paar Jahrzehnte voraus. Aber hier darf man denk nur schlecht sein, wer zu hell ist, ist suspekt, wo die Schnellen denk genau gleich leiden wie die Enten, oh jo. Er macht eine weitere Nuss auf, es knackst. Hyperhell oder so irgendwie nennt man das im Jargon, so ist er halt neun Jahre lang dort hinten in der Ecke am Fenster gesessen mit seiner Kappe auf dem Kopf und hat aus Protest keinen einzigen ganzen Satz gesagt, er steckt sich eine Nuss in den Mund. Hoppla, eine Nuss fällt auf den Boden, er hebt sie auf, man gesteht dem Gegenüber halt nur so viel Grösse zu, wie man selber hat, und bei den Behörden ist das Fass halt schnell mal leer, sonst sässen sie ja nicht in den Behörden, schau dir die Frau Clemont mit der Föhnfrisur an, vierzig Jahre auf der Behörde und hat Stühle kaputt gesessen, das war noch ihre grösste Leistung, und jetzt hat sie eine Pension gross wie eine Seilbahn. Dass man so langsam sein kann wie diese, darauf kommt man ja gar nicht erst, sobald sie aufgestanden sind am Morgen, ist es wieder Abend, und eine Ohrfeige später schauen sie zum Fenster raus und sind pensioniert. Schatz, dein Herz, sagt sie, der Doktor hat gesagt, du sollst nicht so schnell Feuer fangen, sie richtet ihre Brille, denk an deine Temperatur. Hier, mach ein Foto von mir, sagt sie und streckt ihm die Kamera hin. Diese Welt ist nur für die Langsamen, sagt er und nimmt die Kamera, aber wer nichts vor hat im Leben, dem macht auch das Warten nichts aus. Er macht zehn Schritte zurück, der arme Paul hat darunter gelitten wie ein Hund, so dass er auf die Bäume gesessen ist, das beruhigte ihn, und hat den Don Quijote rauf und runter gelesen, und weil er ihn ein Dutzend Mal ausgelesen hatte, er dreht sich zu ihr um, hat er das Buch einfach auf den Kopf gehalten und es verkehrt herum gelesen. Und da ist ihm eben die Mary unter dem Baum durch gegangen. Er geht in die Knie und schaut durch die Kamera, der Grossvater sagte bereits bei der Geburt, das ist ein Verkehrter. Er drückt auf den orangen Auslöser der Polaroid. Das Bild kommt vorne raus. Das kleben wir ein, sagt er und bewegt es hin und her, so weiss man wenigstens, dass es uns gegeben hat, vergessen ist man schneller als gestorben, und was bleibt, sind ein paar Bilder, da eins, hier eins, ein grosses Chaos, und eingeordnet wird erst am Schluss. Nur müsste man noch irgendwo Ort und Datum aufschreiben, aber mit Bleistift, damit es auch archivtauglich ist. Sie nimmt ihm das Bild aus der Hand und klemmt es in ihr Büchlein und steckt das Büchlein in die Jackentasche.

Irgendwo in den Hängen. – Sie geht schnell den schmalen Wanderweg entlang, über der Schulter trägt sie ihren Schal und überholt ein älteres Pärchen, das an Skistöcken geht. Pardon, sagt sie und drängt sie mit den Ellenbogen auf die Seite. In der Hand hat sie ihre Kamera. Drei Velofahrer kommen ihnen entgegen. Er steht am Wegrand und schaut zum Himmel hoch, ui, ui, sagt er und putzt seine Brille mit dem Hemdzipfel und setzt sie sich wieder auf. In der Wiese liegt ein Ski, Rossignol steht drauf. Warte doch, ruft er ihr nach, das ist kein Wettrennen, heute gibt es keine Pokale. Sie bleibt auf der Anhöhe stehen und dreht sich zu ihm, komm endlich, ruft sie ihm zu. Eine Gruppe Japaner kommt ihnen entgegen. Sie sagen Grüezi. Ein Verkehr hat das hier, sagt er, ganze Polonaisen machen die über die Wanderwege. Als Kinder trugen wir die Ski selber die Hänge hoch, bevor man die Reissverschlüsse die Berge hochgezogen hat, und dann bretterte man die Hänge runter. Er bleibt stehen und hebt den Zeigefinger, in die Kränze fährst du erst, wenn die Ski flattern, wenn du deine Bretter kaum mehr halten kannst wie Ben Hur seine Pferde, mhm, er nickt, fährt man schön kontrolliert, wird man Fünfzehnter, und wer will das schon. Der Isidor war der Schnellste, der wäre sicher Profi geworden, wenn er nicht geradewegs runter in die Tannen gefahren wäre, er streckt seine Hand zum Wald aus, aber als wir da standen und ihn dort reinfahren sahen, wusste man, dass er da nicht mehr so schnell rauskommen würde. Dem Herrgott gegen das grosse Eingangstor ist er gefahren, und der hat ihn gleich zu sich rein geholt, er wischt mit dem Ärmel über die Stirn. Ich bin beim Schlitteln mal Dritte geworden, Bronze, sagt sie, die Medaille liegt in meinem

Schmuckkästchen. Wann, fragt er und schaut auf. Das ist vor unserer Zeit, Caro, sagt sie und bleibt bei einem Betonschacht stehen, da war ich noch mit dem Renzo aus Sizilien zusammen. Sie lächelt. Ma basta, sagt er und schaut auf die andere Seite, jetzt trinken wir einen Kaffee. Er packt den Thermoskrug aus dem Plastiksack und schüttet Kaffee in den Deckel, hier, nimm, sagt er und gibt ihr den Becher, wenn es warm ist, muss man Heisses trinken, das sagte schon meine Urgrossmutter, das besänftigt die Geister. Sie fotografiert die Bergkulisse. Ein schöner Hund war das in der Gondel, sagt er und setzt sich auf den Betonschacht mit dem Rücken zum Tal. Ja, uh schön ist es hier, sagt sie. Er nimmt aus seinem Plastiksack eine rote Büchse. Eutra steht darauf geschrieben. Was ist das, fragt sie. Melkfett, sagt er und streicht sich davon auf die Augenbrauen, damit der Schweiss uns nicht in die Augen rinnt und brennt beim Wandern. Er schaut zum Himmel hoch, noch ist es wolkenlos.

Beim Zaun. – Der Renzo wanderte gerne, sagt sie und macht den Zaun auf, dem machte das nichts aus, aber reg dich nicht auf. Ja ja, dem Renzo mit der Rüeblinase machte das nichts aus, er schüttelt den Kopf, jedem sein Gschichtli, aber wir sind wohl genug die Hänge rauf und runter gerannt, das sollte streng genommen ausreichen, wir hätten unser Pensum eigentlich abgespult. Er beugt sich nach vorne und stützt sich auf dem Knie ab, fehlt nur noch das Kreuz. Als Kinder hat man uns geplagt auf den Alpen, sagt er, aber davon steht natürlich nichts in den Prospekten, ganze Sommer mussten wir auf den Alpen verbringen, hungern hat man uns lassen, darüber könnte man ein Buch schreiben, da gäbe es einiges zu berichten, er schüttelt den Kopf, hartes Brot war das, ja ja. Auf dem Hügel über der steilen Weide steht ein Hirte mit schwarzen Gummistiefeln und schaut auf sie runter. In der Hand hat er einen Zaunkönig. Seitdem gehe ich nie mehr ohne Reserven aus dem Haus, wir sind morgen, was wir gestern lernten, sagt er und kramt in seinem Plastiksack, er holt eine Banane hervor. Komm jetzt, wenn wir andauernd stehen bleiben, kommen wir nie an, sagt sie und hält ihm den Zaun auf, das ist unser letzter Tag. Ja, einen Kurzschluss fängt man sich noch ein, wenn wir so weiterrasen. Nicht den Zaun anfassen, sagt sie und hält den Griff hoch, es zwickt sonst schön. Er seufzt, ich gehe, so schnell ich will, ich gehöre mir selber, und dem Tod wollen wir jetzt nicht gleich zuspielen, sagt er und geht durch den Zaun, so leicht machen wir es ihm nicht, da muss er uns schon holen kommen, wenn er uns will. Sie macht den Zaun zu.

Beim schwarzen See. – Ich habe dir gesagt, der Zaun sei geladen, so zwickt es halt, sagt sie und steht auf dem Hügel, tut es noch weh? Man erschrickt halt immer wieder von Neuem, sagt er, wenn man dran kommt, das ist wegen der Schuhe, er beugt sich und zieht den Klettverschluss seiner Turnschuhe nach. Nächstes Mal weisst du, sagt sie. Ja ja, sagt er, als Hirten wetteten wir, und wer verlor, musste den Zaun eine Minute anfassen und nicht loslassen, er nickt, der Strom zwickte dir durch die Adern, und nach einer Minute fühltest du dich wie nach einer Kur. Sie hält die Hand vor die Stirn und schaut zu den Bergspitzen hoch. Aber mit Gummistiefel tat es weniger weh, sagt er, darum musste man die Stiefel ausziehen und barfuss hinstehen. Wenn das Gras nass war, standen dir die Haare auf. Den kleinen Killias legte es hin, der war übermütig und trat gegen den Sepp an, den Spartacus am Zaun, das hat ihn ins Krankenhaus gebracht, ist dann auch Arzt geworden und früh gestorben. Den traf der Schlag mit vierzig. Das hat dich grad aufgeweckt, sagt sie. Das Leben ist eine grosse Irrfahrt, sagt er vor sich hin, aber wo ist der See, fragt er und hält die Hände auf die Seite. Na hier, sagt sie, so schön, das Wasser ist klar und rein wie die ersten Gedanken am Morgen. Das ist doch kein See, sagt er, ein Tümpeli ist das, na sowas, da wird bis ins Unterland herunter gerufen, dass hier oben ein hübscher See sei, ja wo ist er denn? Und dann stehst du da, als hätte man dir gerade das Portemonnaie geklaut, also das ist jetzt aber schon enttäuschend. Am Ufer liegt ein alter Sessellift. Aber gut gibt es jetzt Zmittag, sagt er und schaut in seinen Plastiksack, mal sehen, was uns die Hotellerie ins Fresssäckli gelegt hat, er fährt mit der Zunge über die Lippen und steckt den Arm in den Plastiksack, es raschelt. Nicht so laut, sagt sie und knüpft ihr Hemd auf, du lockst die Kühe an. Er lacht und setzt sich ins Gras am Ufer. Lach du nur, sagt sie und hebt die

Augenbrauen. Schau dir diese Würste an, er hält sie hoch, und dann erst den Käse. Essen muss man immer so, als wäre es das letzte Mahl. Er holt ein Messer aus der Hosentasche. Und sich lieben auch, sagt sie und isst eine Karotte. Das sind Kampfkühe dort drüben im Steilhang, ursprünglich aus Südspanien, sagt er und holt den Feldstecher aus seinem Plastiksack und schaut durch. Der Ferdinand vom Veloladen lebte in Südspanien, der liebte die Lola, die schöne Matador mit dem wilden Haar, die ihn mit dem Dolch erlöste, nachdem er sie gehörnt hatte. Der liegt immer noch da, sagt er und legt den Feldstecher ins Gras. Die Kühe kommen aus dem Steilhang um den See herum zu ihnen rüber. Ich habe dich gewarnt, sagt sie und schaut ihn an, aber der Señor hört nicht. Was Senior, fragt er und lehnt sich nach hinten, das sind Kampfkühe. Sie steht auf und macht einige Schritte nach hinten. Ich stelle mich tot, sagt er. Die Kuh steckt die Nase in den Rucksack. Ihr Rücken sieht aus wie ein Berggrat. Das schwarze Fell glänzt im Gegenlicht. Auf der Anhöhe hinter dem See ist ein Kreuz. Hinter dem Kreuz sind erste Wolken zu sehen.

Bei der Kapelle. – Wir sind spät dran, sagt sie, heute Abend ist das Galadiner. Ich habe Hunger, sagt er und hält sich den Bauch. An der Kapelle ist ein Wegweiser befestigt. Dass uns eine Kuh den Zmittag weggefressen hat, das bleibt unter uns, sagt er und bleibt bei der Kapelle stehen, stell dir vor, der Hans würde das erfahren, dem hätten wir den Ruhestand aufgeheitert. Er fährt mit dem Ärmel über die Stirn und schaut über die Hänge. Unterhalb der Kapelle in der Wiese ist eine Badewanne. Genug gewandert für ein paar Jahre, sagt er. Da lang, sagt sie und zeigt mit der Hand. In den Wald runter, fragt er, bist du sicher? Komm jetzt, sagt sie. Jetzt warte doch, sagt er und nimmt seine Dächlikappe vom Kopf, lass uns davor wenigstens eine Kerze anzünden, damit uns nicht ein Bomber auf den Kopf fällt, wie damals im Juli vierundvierzig, als ein amerikanischer Bomber auf die Alp gestürzt ist. Er kramt eine Kerze aus seinem Plastiksack. Das ist doch nur eine Legende, sagt sie. Das war die Champagne Girl, sagt er, so hiess der Bomber, eine B17, rums, auf die Alp Stavonas unterhalb vom Sez Ner ist der Bomber dem Berg in den Bauch geflogen, und dann hat's gekracht. Er zeigt mit dem Finger nach oben, und am Himmel hing der Pilot an seinem Paraschutt und musste zusehen, wie seine Champagne Girl in Flammen aufging. An der Wand der Kapelle ist eine Madonna mit Kind gemalt. Sie hat einen Heiligenschein. Da liegen heute noch Teile dort oben auf den Weiden herum, sagt er und holt eine zweite Kerze aus dem Plastiksack, und diese hier ist für den armen Paul. Da raffte ihm der Tod seine Mary dahin, Verkehrsunfall und sie war sofort tot, ein Besoffener kam ihr auf der falschen Seite entgegen und schoss sie ab. Der Tod kommt mit solcher Wucht, und dann wusste auch der arme Paul, dass er gehen durfte. Die Gräber sind offen, sagt er und bekreuzigt sich, ein halbes Jahr nach ihr war auch er tot, ich fand ihn im hohen Gras am Rhein, auf den Lippen hatte er ein Lächeln. Sie steht neben ihm und schaut über die Hänge. In der Ferne geht ein Mann mit einer Schaufel über der Schulter den Grat entlang hinauf. Auf dem Kopf hat er einen Hut. Er holt eine Schachtel Zündhölzchen aus seiner Hosentasche. Bist du fremd in der eigenen Stube, bist du froh, wenn du wieder gehen darfst, sagt er und holt ein Zündhölzchen aus der Schachtel und zündet es an. Es donnert von weitem, am Himmel ziehen dunkle Wolken auf. Er hält das brennende Zündhölzchen in der Hand und schaut nach oben.

Beim Strommast. – Die Stromleitungen surren. Ob es im Jenseits auch Papageien hat, fragt er. Ich nehme an schon, sagt sie, warum fragst du. Einfach so, sagt er, das hat mich jetzt Wunder genommen. Uns Kindern verbot man, auf diese Strommasten zu klettern. Der Jürg kletterte trotzdem hoch und fiel wie ein schwarzer Vogel. Da lag er am Strassenrand im Gras. Das muss sich anfühlen, als gebe man dem Teufel die Hand. Den Arm hat man ihm amputieren müssen. Der hat sich nie mehr richtig erholt, ist dann Schiedsrichter geworden. Schau, sagt sie und zeigt mit der Hand, dort unten am Waldrand steht ein Hirsch. Er schaut zum Waldrand runter und packt ein Zigarettenpäckchen aus seinem Plastiksack und steckt sich eine Zigarette an, schon bald schlagen sich die Hirsche die Geweihe an den Baumstämmen ab, und auf den Frühling hin steht ihnen das Geweih prächtiger als je zuvor. Und wer die Krone nicht abgibt, bleibt auf dem sitzen, was er hat. Was machst du denn da, fragt sie und schaut ihn verwundert an. Der Wind bläst ihr durch die Haare. Ich, sagt er, warum? Was machst du da genau, fragt sie. Ich, sagt er, ich mache eine Pause, wo doch alles so schnell zu gehen hat heutzutage. Aber du rauchst, sagt sie. Aha, das meinst du, sagt er, das ist eine Parisienne, er hält sie hoch und schaut sie an. Aber seit wann rauchst du wieder, sagt sie, du hast doch aufgehört, als wir geheiratet haben. Ich, fragt er, warum sollte ich nicht ein Zigarettli rauchen. Jetzt kommt es ja auch nicht mehr darauf an. Wenn alles vergebens ist, kann man auch rauchen, der Herr Bosch aus dem wilden Garten hat erst im Altersheim zu rauchen begonnen und ist 105 geworden. Gut, dann rauch, sagt sie, aber wenn ich das dem Doktor erzähle, tut er dich wieder in die Klinik. Er kramt sein Radio mit der abgebrochenen Antenne aus dem Plastiksack, dreht es an und hält es ans Ohr. Es rauscht. Das machst du nur aus Trotz, sagt sie und dreht sich um. In der Wiese am Bach liegen zwei nackt im hohen Gras und lieben sich. Schau dir das an, sagt er und zeigt mit der Hand, er schüttelt den Kopf, und das unter offenem Himmel, können die denn nicht warten, bis es dunkel ist. Von weitem donnert es. Er zieht an seiner Zigarette, liegen da wie im Garten der Lüste und üben den Tod, er bläst den Rauch aus, davon wird man selig. Die Stromleitungen surren.

Im tiefen Wald. – Und jetzt, fragt er. Es donnert. Du wolltest die Abkürzung durch den Wald nehmen, sagt sie. Das stimmt nicht, sagt er, das war deine Idee. Er packt eine Klapperzange aus seinem Plastiksack. Was ist das, fragt sie. Eine Klapperzange, sagt er, zum halben Preis gekauft, damit kann man klappern. Er klappert. Und wofür, fragt sie. Gegen die Wölfe, sagt er, hier in den Wäldern hat es Wölfe. Er klappert. Sie hebt die Augenbrauen, gib mir mal die Karte, sagt sie. Er holt die Karte aus dem Plastiksack, auf der Karte steht «Reise- und Verkehrskarte der Schweiz, Massstab 1:400'000, 1963». Vorne drauf ist ein Bild von einem Bergpanorama. Sie faltet die Karte auseinander. Was ist das, fragt sie. Die Karte, sagt er, du wolltest doch die Karte, da ist sie, er schaut in den Himmel, oi oi, hier kommen wir nicht mehr wieder weg. Aber was ist das genau, fragt sie. Er klappert mit der Zange und nimmt ihr die Karte aus der Hand, siehst du, jeder Kanton in einer anderen Farbe, die ist von meinem Grossvater, ein Erbstück. Du hast doch bei der Talstation eine Karte von dieser Gegend eingepackt, sagt sie. Nein, sagt er und schaut nach oben. Sie fasst sich an die Brille und dreht sich weg. Was hast du denn gegen meinen Grossvater, sagt er und faltet die Karte zusammen. Nichts, sagt sie. Er steckt die Karte in den Plastiksack. Und jetzt, fragt er, schau dir den Himmel an, und bald wird es dunkel. Es donnert, der Wind setzt aus, die ersten Tropfen fallen. Ich weiss doch auch nicht, sagt sie und schaut ihn an. Das wird aber wüst heut, schau mal, wie dunkel es aufzieht, er zeigt mit dem Finger nach oben. Zwischen den Tannenspitzen hindurch sieht man das graue Wolkenmeer. Es donnert, er zieht den Kopf in die Schultern. In der Ferne blitzt es. Er zählt die Sekunden zwischen Donner und Blitz, du meine Güte, das wird kolossal, Petrus setzt uns die grosse Keule ins Genick. Sie steht hinter ihm und schaut auch in den Himmel hoch. In der Hand hat sie ihren Fächer. Jesusmaria, er hat seine wilden Rösser losgeschickt, flüstert er, das Gewitter ist auf Schlagdistanz, wir sind am Ende. Er hält die Hand vor den Mund und schaut hoch, der Himmel bricht auseinander, jetzt kommen sie uns holen. Eine Krähe fliegt über sie hinweg. Es donnert und kracht. Oh Jesus Antonius, sagt er und bekreuzigt sich, die Klapperzange fällt auf den Boden, wären wir nur zu Hause geblieben, wir sind verloren. Sieh nur, sagt sie und schaut um sich, all die schwarzen Schmetterlinge.

Arno Camenisch, Die Kur

Dieses Buch erscheint im August 2015.
Lektorat Urs Engeler, Korrektorat Claudia Walder,
Umschlaggestaltung Marcel Schmid,
Druck und Bindung Těšínská Tiskarná, Tschechien.

ISBN 978-3-906050-22-5

http://www.engeler-verlag.com